Das Ende dieser Welt ist gekommen – Gott sammelt sein Volk

AF192187

André Michaelim

Das Ende dieser Welt ist gekommen –

Gott sammelt sein Volk

Roman

Verlag: BoD · Books on Demand GmbH,
In de Tarpen 42, 22848 Norderstedt,
bod@bod.de
Druck: Libri Plureos GmbH, Friedensallee 273,
22763 Hamburg
ISBN: 978-3-8423-2882-2

Vorwort

Dieser Roman geht der Frage nach, ob sich nach einem langen Leidensweg des Volkes Gottes in unserer Zeit die prophetischen Verheißungen der Landnahme, der Sammlung des Volkes Gottes und der Ausgießung des Geistes Gottes auf alles Fleisch zu erfüllen beginnt.

Die Erfüllung dieser drei Verheißungen ist die Voraussetzung für Erfüllung der Verheißung des Wiederkommens des Messias Jesus Christus in Macht und Herrlichkeit und dem, was damit verbunden ist: Das Aufrichten seines endzeitlichen, messianischen Friedensreiches über alle Völker auf Erden von Jerusalem aus, nachdem Israel Buße getan über seine Verwerfung des Messias, und nachdem aller Knie aller Menschen sich vor Christus gebeugt haben. Danach, wenn auch durch dieses Friedensreich nicht wahrhaft und wirklich alle Herzen der Menschen zu Christus bekehrt wurden, werden der erste Himmel und die erste Erde vergehen und die Christusgläubigen werden in einem neuen Himmel und einer neuen Erde, im Reich Gottes, wohnen in Ewigkeit.

Die erste Verheißung der Wiedereinnahme des verheißenen Landes erfüllte sich durch den Beschluss der Vollversammlung der Vereinten

Nationen am 29. November 1947 zur Errichtung eines jüdischen Staates in Palästina.

„Und ich will meinem Volk Israel eine Stätte geben und will es einpflanzen, dass es dort wohnen soll, und es soll sich nicht mehr ängstigen, und die Gewalttätigen sollen es nicht mehr aufreiben wie vormals", 1.Chronik 17,9.

Die zweite Verheißung der Sammlung des Volkes Gottes beginnt sich in der Rückkehr der Juden aus den Ländern, in die sie zerstreut wurden, nach Israel zu erfüllen: „Und er wird ein Zeichen aufrichten unter den Völkern und zusammenbringen die Verjagten Israels und die Zerstreuten Judas sammeln von den vier Enden der Erde", Jesaja 11, 12.

Die dritte Verheißung, die Ausgießung des Geistes Gottes auf alles Fleisch hat sich mit der Gabe des Heiligen Geistes erfüllt – unter den Völkern mit Pfingsten und in der Gemeinde Jesu, im jüdischen Volk in der messianischen Gemeinde mit dem Glauben an Jeschua als den Messias, beide durch Christus vereint zu dem einen Leib, dessen Haupt er ist. „Und ihr sollt es erfahren, dass ich mitten unter Israel bin und dass ich, der Herr, euer Gott bin, und sonst keiner mehr, und mein Volk soll nicht mehr zuschanden werden. Nach diesem will ich meinen Geist ausgießen über alles Fleisch und eure Söhne und Töchter sollen weissagen," Joel, 2,27.3,1a - „Und zu der Zeit werde ich darauf bedacht sein, alle Völker zu vertilgen, die gegen Jerusalem gezogen sind. Aber über das Haus David und über die Bürger Jerusalems will ich ausgießen den Geist der Gnade und des Gebets. Und sie werden mich ansehen, den sie durchbohrt haben, und sie werden um ihn klagen, wie man klagt um das einzige Kind, und werden sich um ihn betrüben, wie man sich betrübt um den Erstgeborenen," Sacharja 12, 9-10

„Jetzt aber in Christus Jesus seid ihr, die ihr einst fern wart, nahe geworden durch das Blut Christi. Denn er ist unser Friede, der aus beiden eins gemacht hat und hat den Zaun abgebrochen, der dazwischen war, indem er durch sein Fleisch die Feindschaft wegnahm. ... Und er ist gekommen und hat im Evangelium Frieden verkündigt euch, die ihr fern wart, und Frieden denen, die nahe waren. Denn durch ihn haben wir alle beide in einem Geist den Zugang zum Vater", Epheser 2, 13-14.17-18.

In der messianischen Gemeinde ist dieser Zaun bereits abgebrochen, zu ihr gehören Juden, die an Jesus, Jeschua, als den Messias glauben und dazu an ihrer jüdischen Identität festhalten.

Die messianisch-jüdische Bewegung erlebt in unserer Zeit Wachstum, sie ist Teil des einen Leibes aus Juden und Heiden, die in Christus zu dem einen Christusleib vereinigt werden.

Die Evangelische Kirche im Rheinland als Kirche unter dem Kreuz Christi bekennt in den Grundlagen ihrer Kirchenordnung: Die Evangelische Kirche bezeugt die Treue Gottes, der an der Erwählung seines Volkes Israel festhält. Mit Israel hofft sie auf einen neuen Himmel und eine neue Erde. Dieses endzeitliche Wirken Christi an Israel und den Völkern wird in dieser vorliegenden Erzählung dargestellt: Friedrich Jakob Daniel Weiss, Jakob Weiss und Daniel Weiss – Maria, Hannah und Rahel, ihre Frauen: Die deutsch-jüdische Geschichte dreier Generationen wird erzählt. Dabei arbeitet das „kollektive Unterbewusste" auf seltsame und wunderhafte Weise deren Schicksale auf: Die Überwindung der Gefahr der Assimilation im 19. Jahrhundert, die Erfahrung selbstloser Hilfe in der Verfolgungszeit des Nationalsozialismus, die Staatengründung nach dem 2. Weltkrieg und das Warten auf die Ankunft des Messias werden zu einem „Treppenhaus", zu einer „Himmelsleiter", auf der Gott sein ersterwähltes Volk zu sich zurückführt. Dabei erweist sich die Liebe als eine Kraft, die alle Widerstände zu überwinden vermag.

Die synchronistischen Phänomene beweisen das simultane Vorhandensein von sinngemäßer Gleichartigkeit in heterogenen, kausal nicht verbundenen Vorgängen, oder mit anderen Worten die Tatsache, dass ein vom Beobachter wahrgenommener Inhalt ohne kausale Verbindung zugleich auch durch ein äußeres Ereignis dargestellt sein kann. Daraus ergibt sich der Schluss, dass entweder die Psyche räumlich nicht lokalisierbar oder dass der Raum psychisch relativ ist. Dasselbe gilt auch für die zeitliche Bestimmung der Psyche oder für die Zeit. Dass eine Feststellung dieser Art weitreichende Konsequenzen mit sich bringt, braucht nicht mehr weiter hervorgehoben werden. (Aus: Über Synchronizität, in Grundwerk C.G. Jung, Band 2, Walter Verlag, 4.Auflage, S. 290)

D.h.: Die Psyche ist zeitlich nicht festgelegt. Oder: Die Zeit ist psychisch relativ.

1.

Dieses Treppenhaus kannte er.

Und dabei war er doch noch nie hier gewesen.

Es hatte etwas mit seinem kollektiven Unterbewusstsein zu tun, wie er später herausfand, dieses verband ihn mit dem Schicksal eines Volkes, das Jahrhunderte der Vertreibung, Heimatlosigkeit, Flucht und Verfolgung in allen Ländern der Erde hinter sich hatte.

Der Psychologe C.G. Jung war auf dieses Phänomen gestoßen; er hatte herausgefunden, dass Erfahrungen früherer Generationen sich so tief in die Seelen der Menschen eingruben, dass sie mit vererbt werden an die nachfolgenden Generationen.

Außerdem vermutete er nach einigen Untersuchungen, dass das seelische Erleben eines Menschen räumlich und zeitlich relativ und nicht festlegbar ist.

Dies alles las Daniel Weiss später bei diesem Psychologen, und es half ihm, sein inneres Erleben bei dem ersten Aufenthalt in jenem Treppenhaus zu verarbeiten, und es ergab sich für ihn nur der eine Schluss:

Wenn die Zeit nicht absolut, sondern psychisch relativ ist, so hatte die Psyche irgendeines Menschen aus der Vergangenheit hier an dieser

Biegung in diesem Treppenhaus jetzt auf ihn Einfluss genommen, hatte ihn gleichsam besetzt.

Warum aber?

Er war aus dem grellen Tageslicht der Straße und deren lauten Geräuschen in den Hauseingang getreten, war in dem Treppenhaus durch einen Gang einige Meter geradeaus geführt worden, bis zu einer Biegung, an der die Stufen begannen, die ihn hinauf zu der Praxis führten, in der er sich behandeln lassen wollte.

Hinter der Biegung wartete die Angst bereits auf ihn. Sie sprang ihn plötzlich an wie ein Panther, der sich aus einem Dickicht auf einen Menschen stürzt, es war, als habe sie ihm hier aufgelauert, sie raubte ihm in einem Panikanfall Atem und jegliche Besinnung, sein Herz klopfte ihm bis zum Hals.

Und dabei war er noch nie an diesem Ort gewesen, aber es musste sich genau hier einmal etwas Schreckliches ereignet haben, das für den Menschen, dessen Empfinden sich jetzt seiner Seele bemächtigt hatte, mit großer Angst verbunden gewesen war.

Immer schon hatte er solche Anfälle gehabt, in letzter Zeit waren sie sogar noch häufiger aufgetreten als früher; zwar hatte er gehofft, sie würden sich vielleicht ganz verlieren, wenn er sich pensionieren ließe und in eine andere Stadt ziehen würde. Es hatte sich ergeben, dass gerade zu diesem Zeitpunkt im Haus eines entfernteren Verwandten, seines Großonkels, des Bruders seines Großvaters, eine Wohnung frei wurde, die er bezogen hatte. Er stammte aus einer Linie seiner Familie, die dem Judentum treu geblieben war. Als er vor einigen Jahren verstorben war, hatte er ihm als einzigem Erben sein Haus vermacht.

Der Umzug nach seiner Pensionierung fiel ihm nicht schwer, seine Ehe war vor einigen Jahren geschieden worden: Nachdem ihre drei Kinder ausgezogen waren, hatten Spannungen, Entfremdung, gegenseitige Vorwürfe und Streit zwischen ihnen immer mehr zugenommen, einen „Lebensabschnittspartner" sollte man dann nicht festhalten, wenn dieser Abschnitt beendet und ein weiteres Zusammenleben für beide nicht förderlich ist, zu dieser Erkenntnis hatten sie schließlich beide gefunden.

Aber seine Panikattacken hatten sich stattdessen noch verstärkt, besonders durch Träume nachts, die immer intensiver geworden waren.

Es war unumgänglich geworden, einen Arzt aufzusuchen, er hatte sich für eine internistische Praxis in der Innenstadt entschieden und für diesen Vormittag einen Termin vereinbart, hatte

12

seinen Wagen in einer naheliegenden Tiefgarage geparkt, und nun war er nicht einmal mehr in der Lage, die wenigen Stufen bis zur Praxis hinaufzugehen.

2.

Der Gestapo-Mann war ihm von der Ludwig-
straße an gefolgt.

Er hieß Keller, Jakob Weiss hatte ihn sofort wie-
dererkannt, sein Gesicht war ihm von einem
stundenlangen Verhör nur noch zu genau in Erinnerung, er kannte alle Züge, die es annehmen
konnte, von verächtlichem Grinsen bis zum un-
verhohlenen Sadismus, wenn er zuschlug – meist
gab er ihm mit flacher Hand eine Ohrfeige, oder
er ging scheinbar ziellos hinter ihm im Zimmer auf
und ab, um ihm plötzlich einen Fußtritt zu verset-
zen, den er bereits sorgsam geplant hatte, er traf
ihn meist seitlich im Bauch und löste bei ihm hef-
tige, stechende Schmerzen aus, die von mögli-
chen inneren Blutungen kommen konnten.

Aber nicht die körperlichen Schmerzen waren für
Jakob Weiss das Schlimmste, mehr litt er darunter, einem solchen brutalen Menschen wehrlos
ausgeliefert, seiner Menschenwürde und seiner
Rechte völlig beraubt zu sein, sein Selbstwertge-
fühl wurde mindestens so sehr verletzt wie sein
Körper; dass sein Leben völlig in seiner Hand war,
machte ihm der Gestapo-Mann dadurch besonders fühlbar, dass er hinter ihn trat, beide Hände
um seine Gurgel legte und ihn langsam immer
stärker würgte, um sich dann am Anblick seines

rot angelaufenen Kopf und seiner Todesangst zu weiden.

Bevor die Schläge und Fußtritte begannen, kamen die Drohungen und Beschimpfungen mit immer lauterer Stimme, versuchte er auf eine der Fragen eine Antwort zu geben, wurde er nach einigen Worten bereits unterbrochen, „sein intellektuelles Geschwätz" könne er sich sparen, wenn er nicht rede, werde man sich seine Frau „vorknöpfen", zwar sei diese Arierin aber mit ihm, einem Juden verheiratet, und das sei Blutschande.

Dass er trotz des Berufsverbotes weiter male und auch Bilder verkaufe, sei ein Verbrechen, die Strafe dafür könne er nur mindern, wenn er seine Schandtat zugäbe, aber auch, wenn er dies nicht täte, so werde man seine Kunden und aus ihnen dann die entsprechenden Aussagen schon herausbekommen, auf keinen Fall dürfe weiter eine solche „entartete Kunst" wie die seine das gesunde Volksempfinden verletzen. –

Er war sich nicht sicher, ob ihm Keller absichtlich aufgelauert hatte, um ihm auf dem Weg zu einem seiner Kunden, der bei ihm ein Bild in Auftrag gegeben hatte, zu folgen, oder ob er ihn nur zufällig gesehen und dann die Verfolgung aufgenommen hatte, um ihm Angst einzujagen – jedenfalls

15

musste er ihm auf jede Fall entkommen; wenn der Gestapo-Mann das Bild bei ihm fand, hätte er einen Grund gehabt, um ihm erneut eines verschärften Verhöres zu unterziehen, es drohte ihm dann der Abtransport in ein KZ, bei seinem letzten Verhör hatte ihm Keller ganz unverhohlen bereits damit gedroht.

Er beschleunigte seinen Schritt, auch wenn ihn das verdächtig machen musste, war es die einzige Möglichkeit, Keller zu entkommen.

Er bog in eine Seitenstraße ein, die zur Alle-Straße, der Hauptgeschäftsstraße der Stadt, führte, es war ein herrlicher Frühlingstag, die mächtigen Kastanien und Platanen standen im ersten Grün, vor den Restaurants saßen entspannt Menschen an Tischen und genossen die wärmenden Strahlen der Sonne, und erleichtert dachte er schon einen Augenblick, er sei Keller entkommen; aber als er sich kurz umwandte, sah er diesen ebenfalls in die Straße einbiegen, und so beschleunigte er noch einmal seine Schritte, jetzt war es bald kein schnelles Gehen mehr sondern Laufen, und er musste aufpassen, dass er dabei keinen der Passanten umrannte

Die Angst als ein Gefühl der Enge breitete sich von seinem Herzen in seinen gesamten Brustkorb hin aus, Schweiß brach ihm aus, er lief jetzt die

Allee hinunter, die von flanierenden Menschen belebt war, einmal stieß er mit einem Mann zusammen, der zu fluchen begann und ihn festhalten wollte, aber er riss sich los und lief weiter.

Die zahlreichen Passanten erwiesen sich nun als eine große Hilfe für ihn, durch sie musste es für Keller fast unmöglich sein, ihn noch zu sehen, in der nächsten Seitenstraße würde er die Allee wieder verlassen und sich auf Umwegen auf den Heimweg machen.

Obwohl er das Bild in eine Schutzhülle eingepackt und diese in der Innenseite seines Mantels angeklebt hatte, fürchtete er, dass sein Angstschweiß es doch durchnässt und die Farben aufgelöst hatte, es war im impressionistischen Stil gemalt und stellte die Familie seines Auftraggebers in dessen Garten zwischen Blumenbeeten dar, ohne Zweifel hätte Keller es zur entarteten Kunst gerechnet, einige Wochen Arbeit wären umsonst gewesen, aber dies war immer noch das kleinere Übel gegenüber dem, was es für ihn bedeuten würde, wenn Keller ihn mit seinem Bild verhaftet hätte.

Nach seinem letzten Verhör hatte er ihm bereit gedroht, dass er das nächst Mal nicht mehr so „glimpflich" davon kommen würde, ließe er sich auch nur das Kleinste zu Schulden kommen, werde er seiner gerechten Strafe zugeführt, dass seine arischen Frau mit ihm in Rassenschande lebe, wisse er ja, es werde ihm und seiner Frau ohnehin demnächst deswegen der Prozess vor dem Landgericht gemacht, seine Frau werde man deswegen demnächst auch noch einmal vorladen, leider habe diese ja eine Scheidung von ihm abgelehnt.

Den Auftrag für das Bild hatte er angenommen, weil er das Geld unbedingt brauchte, zwar hatte seine Frau Maria eine Putzstelle bei eben dem Industriellen, für den er das Bild gemalt hatte; da er selber legal keine Bilder mehr verkaufen durfte, waren sie auf ihren Verdient angewiesen, jedoch war dieser war zu gering, als dass sie davon hätten leben können.

So waren sie auf gelegentliche Verkäufe seiner Bilder angewiesen.

Es war ein Bild im impressionistischen Stil, das ein beliebtes Straßencafé der Stadt zeigte, in dem auch sein Auftraggeber, ein Industrieller mit seiner Frau des Öfteren saß; diesen Stil hatte er übernommen, nachdem er zunächst sehr naturalistisch gemalt hatte:

Vom Pleinairismus und Realismus und einer möglichst naturgetreuen Darstellung seiner Sujets hatte er sich mehr und mehr zu einem von

seinem Empfinden für das augenblickliche Licht-
und Farbenspiel geprägten Malweise weiterent-
wickelt.

Seine Motive entnahm er dem Alltagsleben, hier
blieb er seiner realistischen Wahrheitsliebe treu,
er wollte Menschen in ihrer Berufswelt und beim
Feiern, in städtischer und ländlicher Umgebung
so zeigen, wie sie wirklich waren.

Konträr zu seiner künstlerischen Entwicklung, in
der er zu immer mehr Freiheit fand, verlief seine
gesellschaftliche:

1933 traf ihn das Berufsverbot der Nazis, dennoch gelang es ihm immer wieder, seine Bilder
auszustellen, es gab einen Kunstverein und einen
jüdischen Kulturbund, der ihm dies ermöglichte.
–

Als er die Seitenstraße erreichte, blickte er sich in
der Hoffnung um, Keller abgehängt zu haben –
aber das erwies sich als Irrtum, dieser hatte es
tatsächlich geschafft, im auf den Fersen zu bleiben, er war nur wenige Meter hinter ihm, nur wenige Passanten trennten sie beide noch, kurz trafen sich ihre Blicke, er las triumphierende, diabo-
lische Freude in Kellers Gesicht, der sich gewiss
zu sein schien, ihn im nächsten Augenblick errei-
chen und verhaften zu können.

Sein Herz verkrampfte sich, er spürte den Schmerz im ganzen Brustkorb, Panik erfüllte ihn, er lief jetzt, nun war es auch gleichgültig, was die Passanten von ihm dachten, er bog in die Seitenstraße ein, lief an einer hohen Häuserfront vorbei.

Als er einen offenen Hauseingang gewahrte, fuhr es ihm blitzschnell durch den Kopf, dass dieser ihm die letzte Chance bot, seinem Verfolger zu entkommen.

Er rannte bis zur ersten Biegung des Treppenhauses, hier hielt er an, um beobachten zu können, ob der Gestapo-Mann vorüber gehen, oder ihn in das Haus hinein verfolgen würde.

Er fühlte ein Brennen von seinem Herzen aus, das bis in die Schultern und Oberarme strahlte, er litt unter Atemnot, der Schweiß rann ihm über das ganze Gesicht. Er kannte diese plötzlichen Anfälle, sie hingen mit seiner Angst zusammen, Angst kam von Enge, seine Koronararterien verengten sich durch einen Spasmus – all das hatte er selbst nachgelesen, ohne sich bisher eingehender untersuchen zu lassen, er hatte immer gehofft, die Anfälle würden von selber wieder aufhören.

Er zwang sich, ruhig und gleichmäßig zu atmen; er stand auf der ersten Treppenstufe, die man vom Hauseingang nicht einsehen konnte, und starrte wie gebannt auf den Hauseingang und auf das Stück Bürgersteig dahinter, das im hellen Tageslicht lag.

Dann hörte er eilige Schritte, es musste Keller sein, ja, er war es, er erkannte ihn an seinen Stiefeln, einen Augenblick hatte er wieder die Hoffnung, er werde ihm entkommen, er werde vorübergehen, und tatsächlich verschwanden die Stiefel aus seinem Blickfeld, und er vermutete Keller schon hinter der nächsten Straßenbiegung – für dieses Mal war er gerettet, jedenfalls hatte er Keller überlisten können.

Aber plötzlich hörte er, wie die Schritte, die sich zunächst entfernt hatten, wieder näherkamen, der Gestapo-Mann musste umgekehrt sein, sicher würde er in wenigen Sekunden durch den Haueingang das Treppenhaus hinauf stürmen.

Jakob Weiss hatte jetzt keine Wahl mehr, aus dem Haueingang gab es kein Entkommen mehr, dort wartete Keller auf ihn, er steckte in der Falle, es gab kein Zurück, **er musste sein Heil nun in diesem Treppenhaus suchen**, es konnte sich als Falle aber auch als Versteck für ihn erweisen – er musste es darauf ankommen lassen. Einer seiner

Vorfahren kam ihm in den Sinn, Jakob, nach dem er benannt worden war, dem auf seiner Flucht die Himmelsleiter erschien, auf der die Engel Gottes auf und nieder stiegen und auf der ihn oben Gott, der Herr, selber empfing: Gott, den meine Vorfahren den Herrn Zebaoth, den Herrn der Heerscharen nannten, möge es mir doch so ergehen wie Jakob, flehte er, dass dies Treppenhaus nicht mein Verhängnis wird, sondern mir Engel einen Ausweg zeigen.

Er nahm trotz seiner Atemnot zwei Stufen auf einmal, als er die erste Etage erreicht hatte, sah er, dass die Tür geöffnet war, er blickte in ein fast vollständig gefülltes Wartezimmer hinein, die Blicke der Pateinten richteten sich alle auf ihn, man erwartete, er werde eintreten.

Sie werden mich verraten, dachte er, aber es gab keinen anderen Weg, keine andere Möglichkeit für ihn, als weiter das Treppenhaus hinauf zu rennen in der Hoffnung, irgendein Versteck zu finden.

In den nächsten Stockwerken waren die Etagentüren geschlossen, nur in der ersten Etage musste es Praxisräume geben, in den anderen waren Wohnungen, es musste also auch einen Speicher geben, vielleicht war dieser ja geöffnet, und es blieb ihm die Möglichkeit, dort ein Versteck zu finden.

Als er vor der Speichertür stand, befürchtete er einen Augenblick lang, diese sei verschlossen, aber als er die Klinke hinunter drückte, öffnete sie sich. Jetzt hatte er sogar Glück, denn an der Wand neben der Tür hing ein Schlüssel, er nahm ihn, schloss damit hinter sich die Tür zu und hängte den Schlüssel wieder an den Haken.

Dann blickte er sich um:

Ein großer Raum, dessen Boden aus dunklen Brettern bestand und dessen Decke zwei Dachschrägen bildeten, die Ziegel lagen lose auf Holzbalken, an einigen Stellen konnte man hindurch und in den blauen Himmel dieses sonnigen Tages blicken.

Er suchte nach einem Versteck, und er fand es:

In einer Ecke des Speichers befand sich ein Kamin, es schien zunächst, als schließe er mit der Wand ab, aber als er ihn näher untersuchte, fand er einen seitlichen schmalen Zugang zu einem kleinen Zwischenraum hinter dem Kamin vor der Wand; wenn er sich ganz in sich zusammenkrümmen würde, müsste er dort hineinpassen, jedenfalls war er dort von dem Eingang des Speichers aus nicht zu entdecken.

Bevor er in die Lücke hineinkroch, schob er das Bild hinein, es sollte nach Möglichkeit heil bleiben, und auch dann nicht entdeckt werden, wenn Keller ihn hier doch finden würde.

Er lauschte auf die Geräusche aus dem Treppenhaus, er hörte Stimmen, eine darunter war die laute eines Mannes, der in herrischem Ton Fragen stellte, Keller musste die Praxisräume betreten haben.

Tatsächlich hatte dieser alle dort Anwesenden scharf gemustert, er hatte zunächst vermutet, sein Opfer könne sich unter die Wartenden gemischt haben.

„Ist eben ein Mann hier eingetreten?", fragte er.

„Oder hier im Treppenhaus vorbeigelaufen?", ergänzte er.

Im Sprechzimmer herrschte Schwiegen, an seinen Stiefeln, seinem schwarzen Mantel, seiner Schirmkappe und seinem Abzeichen am Kragen erkannte jeder ihn als Gestapo-Beamten, allen war klar, dass er den eben vorbei hastenden Mann verfolgte, und alle waren sich im selben Augenblick, als ihnen dieses bewusst wurde, stillschweigend einig, dass sie den Verfolgten nicht verraten würden.

Nur ein etwa zehnjähriger Junge war aufgestanden und wollte zu sprechen beginnen, aber seine Mutter hielt ihn noch eben rechtzeitig zurück.

„Sei nicht so ungeduldig", wies sie ihn zurecht. „Wir kommen schon noch dran, setz` dich wieder hin."

„Aber...", versuchte der Junge zu widersprechen, seine Mutter hatte ihn missverstanden, das hatte er ja gar nicht sagen wollen, aber mit hartem Griff zwang die Mutter ihn, sich wieder neben sie zu setzen.

Verwirrt sah ihr Sohn sie an, aber als er in die Augen seiner Mutter sah, wusste er, dass er jetzt zu schweigen hatte.

Misstrauisch beobachtete Keller die beiden, der Junge hatte ihm etwas sagen wollen, das spürte er, aber an dem Verhalten seiner Mutter und dem der anderen Patienten spürte er deutlich, dass er aus ihnen nichts herausbekommen würde.

Ohnehin gab es für sein Opfer nur einen Fluchtweg, den, weiter das Treppenhaus hinauf, unmöglich konnte er an ihm vorbeigelaufen und wieder auf die Straße gelangt sein.

So wandte er sich ab und stieg weiter das Treppenhaus hinauf.

Ich werde ihn schon finden, sagte er sich. Diesmal wird er mir nicht entkommen. Er muss etwas unter seinem Mantel getragen haben, was sollte es anderes sein, als eines dieser Bilder entarteter Kunst, ein Volksfeind war er, einer, der ausgerottet werden musste, ein Schädling für die Volksgemeinschaft, einer, der das gesundes Volksempfinden beleidigte mit seinen Schmierereien.

Immer mehr steigerte Keller sich in seine Wut hinein, je höher er im Treppenhaus hinaufsteigen musste.

Die Frau dieses „Schmierfinken" fiel ihm ein, ein schöne „arische" Frau mit blonden Haaren und blauen Augen, es war eine Schande, dass sie mit diesem Juden zusammenlebte, und dass sie es ablehnte, sich von ihm scheiden zu lassen, war ein großer Fehler, auch wenn er es andererseits bewunderte, wie treu sie zu ihrem Mann hielt.

Aber sie würde schon zur Vernunft kommen, wenn er ihren Mann jetzt eines Verbrechens überführen konnte, wenn er ihn verhaftete und das Bild, das er gemalt hatte und jetzt gewiss zu einem Käufer bringen wollte, sicherstellen konnte.

Diesmal würde er ihn nicht wieder entlassen, diesmal wäre die Einweisung in das KZ die einzige angemessene Antwort auf die ungeheure

Dreistigkeit, mit der dieser „Schmierfink" die Gesetze gebrochen hatte.

Das Berufsverbot schloss das Malen und den Verkauf von Bildern für ihn aus, dagegen hatte er verstoßen und das konnte er ihm diesmal nachweisen.

Er stand jetzt vor der Speichertür, prüfend sah er hinunter durch das Treppenhaus bis auf den Flur des untersten Stockwerks, kein Mensch war zu sehen, Weiss konnte sich nur hier auf dem Dachboden versteckt haben, also drückte er die Klinke hinunter, aber die Tür war verschlossen.

Du denkst wohl, du bist schlauer als ich, du jüdischer Kleckser, mit dir werde ich schon fertig, einem Arier wie mir entkommst du nicht.

Er stieg die Treppe hinunter, betrat wieder die Arztpraxis und sprach die Sprechstundenhilfe an, die hinter ihrem Schreibtisch saß.

„Rufen Sie den Hausmeister", sagte er in Befehlston.

Das „Bitte" sparte er sich ganz bewusst, er hatte gelernt, wie man aufzutreten hatte und einschüchtern konnte.

Mit angstvoll weit aufgerissenen Augen sah ihn die Sprechstundenhilfe – eine Frau mittleren Alters mit schon leicht ergrautem Haar – an.

„Er wohnt im zweiten Stockwerk, wenn Sie bitte selbst dort schellen, ich kann hier nicht weg", sagte sie.

Jetzt wurde Keller noch lauter, schon die ablehnende Haltung der Pateinten im Wartezimmer hatte ihn gereizt, jetzt machte er seinem Unmut Luft.

„Sie holen jetzt augenblicklich den Hausmeister", forderte er in schneidendem forderndem Tonfall, der kein Widerwort duldete.

Plötzlich öffnete sich die Tür zum Behandlungsraum, eine junge Ärztin mit brünettem Haar und großen, klugen und seelenvollen Augen trat heraus, mit einem raschen Blick erfasste sie sofort das Prekäre der Situation, die Uniform des Gestapo-Beamten und sein zorniges, gerötetes Gesicht ließen sie das Weitere ahnen.

„Gibt es ein Problem?" fragte sie, ihr ruhiger, entschiedener Ton und auch der Anblick ihres weißen Arztkittels ließen Keller zur Besinnung kommen, in ruhigerem Ton erklärte er ihr, dass sich ein Straffälliger auf den Dachboden ihres Hauses geflüchtet habe, und der Hausmeister ihm nun die Tür zu öffnen habe.

„Ich gehe mit Ihnen", sagte die junge Ärztin, es war eine ihrer Begabungen, die sie auch für ihren

Beruf prädestinierte, rasche Entscheidungen treffen zu können, wenn diese nötig waren.

Nachdem der Hausmeister die Tür geöffnet und dabei beteuert hatte, er selber habe die Tür nicht abgeschlossen, sie habe eigentlich immer offen zu bleiben, suchte Keller systematisch den gesamten Dachboden ab.

Die Ärztin folgte ihm, als er zum Kamin kam und diesen untersuchen wollte, hatte Jakob Weiss auch dieses Mal wieder Glück im Unglück:

Er verlor seine Schlägerkappe dadurch, dass er sich mit dem Kopf in einem der für das Wäschetrocknen aufgespannten Leinen verfing, er musste sich bücken und sie aufheben, über diesem Vorgang vergaß er, eine genauere Untersuchung des Kamins vorzunehmen, es entging ihm so der Spalt, durch den sein Opfer in die schmale Lücke gelangt war, die sich zwischen dem Kamin und der Wand befand.

In sich zusammengekrümmt und den Atem anhaltend hockte Weiss dort, und er ertappte sich dabei, dass er betete, er flehte zu dem Gott seiner Väter, dass er diesen Gestapo-Mann mit Blindheit schlagen möge gerade jetzt in dem Augenblick, da er nur einige Meter vor ihm den Dachboden untersuchte.

Es möge doch so sein, wie bei Jakob: Das Treppenhaus, das er erstiegen, sei so etwas wie dessen Himmelsleiter, die er des Nachts im Traum auf seiner Flucht gesehen hatte, und der Herr hatte oben darauf gestanden und zu ihm gesprochen: Siehe, ich bin mit dir und will dich behüten.

Und Gott erhörte das Gebet des Jakob Weiss.

Erst nachdem sich die Tür zum Dachboden geschlossen hatte, wagte Weiss wieder zu atmen, solange hatte er die Luft angehalten, damit das Geräusch seines Atmens ihn nicht verraten sollte.

Jetzt atmete er tief die Luft ein, die durch die Ritzen über ihm in sein Versteck strömte, die Dachziegel waren an einigen Stellen nicht dicht, sondern mit Lücken aneinandergelegt, sodass es einige Spalten gab, durch die er hinauf in einen unschuldigen, aber auch mitleidlos schönen, blauen, strahlenden Frühjahrshimmel sehen konnte.

Entkommen – ich bin ihm tatsächlich entkommen, triumphierte es in ihm.

Aber sein Triumph währte nur wenige Minuten, plötzlich hörte er, wie die Tür zum Speicher wieder geöffnet wurde.

Keller war zurückgekommen, er hatte doch etwas gemerkt und wollte jetzt noch einmal genau nachsehen.

Schweiß brach ihm wieder aus, der Druck in seinem Brustkorb schien unerträglich, dann aber fiel ihm auf, dass es keine schweren Schritte waren, die er auf den Holzbrettern hörte, es waren energische, aber leichtere Schritte.

Er blickte durch die schmale Öffnung seines Verstecks mitten in die Augen einer jungen Frau.

„Kommen Sie heraus", hörte er sie sagen, es war eine tiefe, dunkle, angenehme Stimme, sie beruhigte augenblicklich seine Nerven und berührte ihn tief in seiner Seele.

Er kroch aus seinem Versteck, richtete sich auf, sie sahen einander an, und trotz der für ihn prekären und demütigenden Situation geschah zwischen ihnen vom ersten „Augen-Blick" an das Wunder der Liebe, unerklärbar, aus der tiefe ihres Unbewussten geboren, Gründe für sie suchte man erst später, sie geschah oder geschah nicht, zwischen ihm, dem gejagten jüdischen Maler und der jungen arischen Ärztin aber war sie mit einer unwiderstehlichen Naturgewalt ausgebrochen.

„Warum haben Sie sich hier versteckt?", fragte sie. „Was haben Sie getan, dass die Gestapo sie verfolgt?"

„Sie haben mich eben gesehen und doch nichts gesagt, warum nicht?", fragte Weiss zurück. Er wunderte sich, dass er neben der Erleichterung, von Keller nicht entdeckt worden zu sein, plötzlich auch keine Furcht mehr hatte; wenn diese junge Ärztin ihn hätte verraten wollen, hätte sie es eben getan, als Keller ihn suchte, jetzt also war er sicher, sie war kaum in der Absicht zurückgekehrt, ihn an die Gestapo auszuliefern, er las in ihren klaren Gesichtszügen und in ihrem forschenden Blick, mit dem sie ihn ansah, eine große Reinheit der Seele:

Diese Fähigkeit, sich schnell in Menschen einzufühlen, ihre Ausstrahlung wahrzunehmen hing mit seiner Feinfühligkeit zusammen, die ihm beim Malen auch seine Empfindsamkeit für Farben und Licht gab.

"Das Ganze ist ein Missverständnis", sagte er, während er seine Glieder reckte, die von der gekrümmten Haltung in dem engen Versteck steif geworden waren. Den eigentlichen Grund für seine Verfolgung würde er ihr nicht nennen, die ganze Situation war schon demütigend genug für ihn, er musste eine Ausrede erfinden.

„Man hält mich für einen Dieb, ein Irrtum", sagte er und holte jetzt das Bild aus dem Versteck, entfernte das Papier und zeigte es ihr.

„Dies Bild soll ich gestohlen haben", sagte er.

„Ich hatte es bei einem Angestellten vorausbezahlt, als ich es jetzt abholen wollte, bestritt dies der Ladenbesitzer, kann sein, dass der Angestellte sich das Geld in seine Tasche gesteckt hat, jedenfalls war er nicht mehr zu befragen, er hatte vor einigen Tagen gekündigt, ich nahm das Bild an mich, es war ja mein Eigentum, der Ladenbesitzer bestritt dies, und hat die Polizei gerufen".

Eine Lügengeschichte, dachte er.

Aber immer noch besser als die Wahrheit, sie soll nicht erfahren, dass ich ein verfolgter, diffamierter jüdischer Maler bin, wie gerne wäre ich ihr als gefeierter, geachteter Künstler in einer meiner Ausstellungen begegnet, sie hätte mich bewundert, und wir hätten einander näher kennengelernt.

Die junge Ärztin betrachtete jetzt das Bild.

„Es gefällt mit", sagte sie. Dann lächelte sie.

„Ich male selbst ein wenig", sagte sie. Ihrem Charme und ihrer Ausstrahlung war er durch seine angespannten Nerven wehrlos ausgeliefert, es war wie ein Sog, der von ihr ausging, und der ihn umspülte wie eine wohltuende, wärmende Wasserwoge.

„Kann ich das Bild hier solange verstecken bis der Verdacht ausgeräumt ist?" fragte Weiss.

Sie nickte.

„Wenn Sie es tatsächlich bezahlt haben und nur wegen falscher Verdächtigung verfolgt wurden...", sagte sie.

Ihre angenehme, tiefe, sanfte Stimme berührte ihn zutiefst und beruhigte seine gereizten Nerven, auch der Druck in seinem Brustkorb ließ nach.

„Ich glaube Ihnen", sagte sie, sie verließ sich immer auf ihre Intuition, und die sagte ihr jetzt, dass dieser Mann vor ihr kein Verbrecher war, ihre angeborene Hilfsbereitschaft, die sie auch den Arztberuf hatte er ergreifen lassen, kam jetzt voll zum Zuge.

„Ich helfe ihnen", entschied sie, und dabei begann sie, die Spinnengewebe, die sich in dem Versteck an seinem Mantel festgesetzt hatten, von diesem abzustreifen.

Nach der Verfolgungsjagd und den mit ihr verbundenen Angst- und Panikattacken war diese Fürsorglichkeit fast zu viel für ihn.

Tränen traten ihm in die Augen, er wandte sich ab, sie sollte sie nicht sehen, die Anspannung in ihm löste sich mehr und mehr, sie spürte, was in ihm vorging und wandte sich ihrerseits ab, dann aber sagte sie energisch:

„Sie können das Bild erst einmal hierlassen und es demnächst abholen, falls die Polizei sie doch noch weiterverfolgt. Auf jeden Fall kommen sie erst einmal zu mir in die Praxis."

Als er den Kopf schüttelte, ergänzte sie:

„Als Ärztin muss ich darauf bestehen, Sie gefallen mir gar nicht." Sie unterbrach sich. „Gesundheitlich, meine ich, sonst …"

Dann musste sie plötzlich über sich selber lachen.

„Was rede ich denn da", sagte sie.

„Sie kommen jetzt einfach mit mir und warten in meine Praxis, bis die Luft rein ist." –

Wie sehr hätte er sich gewünscht, diese junge Frau unter anderen Umständen kennengelernt zu haben, etwa in einem Museum, in dem seine Werke ausgestellt waren und von allen, auch von ihr bewundert wurden, er ein angesehener Maler, der ihr seine Werke zeigte – und stattdessen stand er vor ihr wie gesuchter Verbrecher, verfolgt wie ein wehrloses, gehetztes Wild.

Was tun uns diese Barbaren an, dachte er, wir haben ihnen nichts getan und doch hassen sie uns und demütigen und erniedrigen uns, wo und wie sie es können.

3.

Daniel Weiss entschloss sich, mit seinen Vorfahren Kontakt aufzunehmen; wenn sie ihn mit ihrem Schicksal schon mitten am Tag und bis in seine Träume hinein verfolgten, so wollte er ihnen auch seinerseits näherkommen.

Er hatte bei seinen Ahnenforschungen herausbekommen, dass sein Ururur großvater ein gewisser Friedrich Jakob Daniel Weiss gewesen war, der am 20.11.1803 geboren worden war.

Für diese Forschungen hatte er jetzt, da er pensioniert war, reichlich Zeit, sie führten ihn zur Geschichte der jüdischen Gemeinde in der Stadt, in die er gezogen war und in der sich seine Familie in zwei Linien getrennt hatten, in die seines Ururur großonkels, der seinem jüdischen Glauben treu geblieben war, und die seines Ururur großvaters, der zum christlichen Glauben konvertiert war.

Einer seiner ersten Spaziergänge hatten ihn deshalb auch zu dem alten jüdischen Friedhof mit seinen verwitterten Grabsteinen geführt; die Gräber einiger seiner Vorfahren, alle erkennbar an dem Familiennamen Weiss, hatte er dort gefunden, nicht nur das seines Großonkels, der ihm sein Haus vererbt hatte, sondern auch das seines Ururur großvaters, der zum Christentum konvertiert war. Darüber hatte er sich sehr gewundert, wie konnte es geschehen, dass er auf einem jüdischen Friedhof beerdigt worden war?

Sein Urururgroßvater hatte eine Anna Marie Schmitt geheiratet, die am 26.101806 geboren worden war, und er stellte sich vor, dass sein Urururgroßvater zum großen Entsetzen seiner jüdischen Familie und der Synagogengemeinde im Zusammenhang dieser Trauung zum katholischen Glauben übergetreten war. Er hätte ihn gerne gefragt, ob seine Braut ihn dazu genötigt habe, oder ob er sich bereits vorher dazu entschlossen hatte, und welche Gründe ihn bewogen hatten, vom Judentum zum Christentum zu konvertieren, ob die Taufe sein Eintritts-Billett in die Gesellschaft sein sollte, oder ob er aus persönlicher Glaubensüberzeugung Christ geworden sei.

Sein Vater jedenfalls hatte ihm zwei jüdische Vornamen, den des Stammvaters Israels, Jakob, und den des treuen und mutigen Bekenners, Daniel, mitgegeben, dazu aber noch den deutschen Vornamen Friedrich – gewiss, um auf diese Weise seine guten Absichten deutlich zu machen, sich als Jude auch in die deutsche Gesellschaft zu integrieren.

So schrieb er ihm einen Brief:

„Lieber Urururgroßvater,

von C. G. Jung, einem befreundeten Psychologen Sigmund Freuds – einem Juden übrigens – weiß ich, dass es ein Zeit und Raum übergreifendes Wissen der Seele gibt, deshalb ahne ich Einiges von dir und dem, was in dir und Deinem Leben in der ersten Hälfte des neunzehnten Jahrhunderts vorgegangen ist, hinzu kommen ja auch geschichtliche Kenntnisse über die gesellschaftlichen und politischen Situation der Juden in dieser Zeit, etwa über die Hep-Hep-Unruhen von 1819, damals musst du 16 Jahre alt gewesen sein.

Deinen Vater Jakob Daniel Weiss hat dein Landesfürst wie alle Juden gezwungen, einen festen, deutsch klingenden Namen anzunehmen, er meinte es gut mit euch, er wollte so eure Assimilation in der deutschen Bevölkerung befördern.

Dein Vater hat dir gewiss erklärt, warum er sich für den Namen Weiss, die Symbolfarbe des Stammes Sebulon, entschieden hat:

In Jes. 6 wird beschrieben, wie dem Stamm Sebulon in dem Messias ein Licht aufgeht, daher eben hat man ihm die Farbe Weiss zugeordnet – diese Stelle hat ihn immer schon sehr beeindruckt. Anders aber als die Christen war er noch des Glaubens, dass dieses Licht, das heißt der Messias, erst noch kommen werde.

Deinen Vater aber und mit ihm alle Mitglieder der israelischen Gemeinde deines Heimatortes hat es dann doch sehr getroffen, als du dich hast taufen lassen.

Also, sprich mit mir, lass meine Seele teilhaben an dem, was du erlebt hast, du kannst mir ja in meinen Träumen erscheinen, es scheint mir ja ohnehin so, dass es mir im Vergleich zu euch, meinen Vorfahren, viel zu gut ergangen ist, ich habe keine Verfolgung erleiden müssen wie ihr, womit habe ich das verdient und warum hat man euch das alles angetan, euch, die ihr doch zum erwählten, geliebten Volk Gottes gehört?".

Er lauschte in sich hinein aber er bekam keine Antwort.

Vielleicht komme ich meinen Vorfahren näher, wenn ich an ihren Gräbern stehe, dachte er.

So machte sich Daniel Weiss zu dem alten, jüdischen Friedhof auf, der sich unmittelbar neben dem großen evangelischen Waldfriedhof befand. Dieser erwies sich als einer der größten Friedhöfe, die er je betreten hatte, die Kapelle befand sich auf einer Anhöhe, von dieser aus zog sich der Friedhof in Terrassen hinab bis ins Tal, in dem der Stadtteil lag, in dem auch er jetzt wohnte.

Die Fläche des kleinen jüdischen Friedhofs war von dem großzügig und weitläufig angelegten

Waldfriedhof aus nicht zugänglich, sie lag wie versteckt und uneinsehbar hinter Bäumen und Büschen in gehörigem Abstand, sie war vollständig eingezäunt.

Dies schien ihm wie ein Symbol des Jahrhunderte alten Verhältnisses zwischen Christentum und Judentum, der Abstand war sowohl von der christlichen Bevölkerung wie von den jüdischen Mitbewohnern so gewollt, dennoch war er nur für den einen, den jüdischen Teil demütigend, erniedrigend und diskriminierend: So machte auch hier dessen Friedhof an einer entlegenen, dunklen Stelle des Waldes einen trostlosen Eindruck, durch eine verschlossene Pforte war er unzugänglich, während der christliche Friedhof offenen, hellen, lichten, parkähnlichen Charakter hatte.

Auf diese Weise blieb noch nach dem Tod der Standes- und Machtunterschied zwischen dem christlichen und jüdischen Teil der Bevölkerung jedem erkennbar.

Daniel Weiss verfügte als Gymnasiallehrer mit den Fächern Deutsch, Geschichte und Religion über detaillierte geschichtliche und biblische Kenntnisse, er wusste um das spannungs- und leidvolle Schicksal der Juden in den Jahrhunderten ihrer „Zerstreuung unter alle Völker", ihrer

Vertreibung aus dem „gelobten Land" im Jahre 70 nach Christus durch die Römer, als diese ihren Aufstand grausam niedergeschlagen und den Tempel – die Wohnung Gottes unter ihnen – zerstört hatten.

Und angesichts des hohen Zaunes, der den christlichen von dem jüdischen Friedhof trennte, kam ihm die Stelle im neutestamentlichen Teil der ansonsten Christen und Juden gemeinsamen Heiligen Schrift in Erinnerung, in der davon gesprochen wurde, dass durch Christus die, „die einst Ferne waren, Nahe geworden seien". Denn er sei jetzt für beide der Friede, weil er „aus beiden eines gemacht habe, und den Zaun abgebrochen habe, der zwischen ihnen war, nämlich die Feindschaft".

Aber bis heute waren noch immer beide, Christen und Juden, voneinander getrennt – hier offensichtlich auch sogar noch nach ihrem Tod.

Die Ausnahme bildeten sogenannte „messianische Juden", die sich als Juden dennoch zu dem Messias Jeschua bekannten, viele in Amerika, einige auch in Deutschland und in Israel, Daniel Weiss hatte sich sehr gefreut, dass es eine solche Gemeinde auch in dieser Stadt gab, und er besuchte regelmäßig ihre Gottesdienste.

Als er an den Grabreihen entlang sah, kam ihm plötzlich die Vorstellung, die dort Begrabenen würden sich aus ihren Gräbern erheben, nein, sie hätten sich schon aus ihnen aufgerichtet, die Grabsteine wurden zu grauen Gestalten, die hier nicht sein wollten, weil sie sich nicht am rechten Platz fühlten, sie schienen sich tief traurig und gedemütigt zu fühlen, nicht weil sie verstorben waren, nein, sie winkten ihm zu und wiesen dann in Richtung Osten, dorthin, wo sie ihren Messias erwarteten, in ihrem gelobten Land, Israel, dort wollten sie eigentlich beerdigt sein.

Um diese Demütigung und Erniedrigung – auf welche Weise auch immer sie geschah, einmal mehr gewaltsam, einmal mehr mit feinen Schikanen – war es meist zwischen Christen und Juden gegangen. „Ihr habt unseren Heiland gekreuzigt", war ihr Vorwurf und die Begründung für ihre Feindschaft und Grausamkeit. „Sein Blut komme über uns und unsere Kinder, so haben eure Vorfahren gesagt, dann soll es so sein".

Und man meinte, im „Namen Gottes" oder zum „Wohl der Volksgemeinschaft" zu handeln – ein zentraler Begriff in der NS-Propaganda – sie sollte möglichst homogen und ohne Fremdkörper sein, also musste man die Zerstreuten des Volkes

Israel verfolgen, demütigten und töten um der „Reinheit der eigenen Rasse" willen.

Er erinnerte sich an Fotos, die er in einem Buch über das Schicksal der Juden im 3. Reich gesehen hatte: Das eine zeigte die Verhöhnung der jüdischen Einwohner einer deutschen Stadt, die mit dem Schild „Gott verlässt uns nicht!" von der SS im November 1938 durch die Straßen getrieben wurden.

Dieser Satz stand auf einem Judenstern, den die Kolonne verhafteter, ehrenwerter Männer der Stadt vor sich hertragen musste.

Und Daniel Weiss dachte:

Hatten die Nazis dieses Wort auch als Schmähung und Spott gedacht, da ihnen die Juden – das nach seinem eigenen Glauben auserwählte Volk Gottes – scheinbar machtlos ausgeliefert und eben deshalb von Gott verlassen war, so war es am Ende doch so gekommen, wie sie es die verhafteten Juden hatten schreiben lassen:

Mit der Staatsgründung Israels am 14. Mai 1948 wurde eben der Davidsstern, den die Nazis den Juden als Zeichen der Verachtung und Demütigung ihren jüdischen Mitbürgern zugewiesen hatten, wurde zum Emblem der Nationalflagge Israels:

Gott hatte sie tatsächlich nicht verlassen, sondern gerade durch den Holocaust und den 2. Weltkrieges war es nach Jahrhunderten der Erniedrigung in der Zerstreuung unter alle Völker zur erneuten Landnahme und Staatengründung gekommen.

Die Nazis hatten „recht behalten", doppelte Ironie des Schicksals und der Geschichte, ihre Ironie war von Jahwe, dem Gott seines Volkes Israel, der es nicht verlässt, noch einmal ironisiert, das Böse in Gutes verwandelt worden, nach seiner beabsichtigten völligen Vernichtung im Holocaust war es in der Zerstreuung wieder in sein Land und zu Anerkennung, Recht und Ehren unter den Völkern gekommen.

Und Daniel Weiss erinnerte sich beim Anblick der Grabsteine seiner jüdischen Vorfahren noch an ein anderes Bild, als er neben dem Grab seines Großonkels das seiner Großtante vermisste:

SA - Männer stellten vor dem Haus der NS-Kreisleitung in einer deutschen Stadt eine Frau und ihren jüdischen Freund am 27. Juli 1933 öffentlich an den Pranger, die deutsche Frau musste ein Plakat mit dem Satz tragen: Ich bin am Ort das größte Schwein und lass mich nur mit Juden ein! Der jüdische Freund musste ein Plakat tragen mit der Aufschrift: Ich nehm als Judenjunge immer nur deutsche Mädchen mit aufs Zimmer.

Diskriminierung und Erniedrigung bis in die Privatsphäre setzten schon zu Beginn der Nazi-Schreckensherrschaft ein, verschärften sich dann in den Rassegesetzen, denen schließlich auch sein jüdischer Großonkel und dessen deutsche Frau zum Opfer fielen.

Auf dem Bürgersteig vor dessen Haus hatte man in Erinnerung an ihn einen sogenannten „Stolperstein" angebracht:

Hier wohnte Jakob Weiss Jahrgang 1872 Schutzkellerverbot Tod bei Luftangriff 12.6.1943

Sein Großonkel verstarb bei einem Bombenangriff 1943 in seiner Wohnung; ihm war als Juden die Zuflucht in einem Luftschutzbunker untersagt gewesen. Seine Frau hatte trotz massiver Bedrohungen zu ihrem Mann gehalten, sie wurde wenige Monate später tot aufgefunden, sie hatte sich aus Verzweiflung mit einem Schlafmittel das Leben genommen.

Immer wieder grübelte Daniel Weiss darüber nach, wie es wohl zwischen den beiden Eheleuten, seinem Großonkel und dessen Frau, gewesen sein musste als sie die Sirenen hörten, die den Luftangriff ankündigten: Hatte seine Frau bei ihm bleiben wollen, und hatte sie sich nur auf seine eindringlichen Bitten hin von ihm getrennt, welche herzzerreißende Szenen mussten sich da abgespielt haben?

Dennoch – trotz der verwitterten Steine – machte der Begräbnisplatz auf Daniel Weiss einen gepflegten Eindruck, auf den Grabsteinen abgelegte Steine ließen auf regelmäßige Besuche schließen.

Auf dem Grabstein seines Großonkels Jakob Weiss lagen auf den Steinen auch Blumen; er fragte sich, von wem sie stammen könnte, da er doch keine Nachkommen gehabt und ihn als einzigen Erben eingesetzt hatte.

Wer fühlte sich mit seinem Großonkel noch außer ihm so verbunden, dass er dessen Grab aufsuchte?

Er musste es herausbekommen, dies gehörte mit zu seiner Reise in die Vergangenheit seiner Familie, seines Volkes, das sein Urururgroßvater einmal verlassen hatte, nur diese Reise vermochte auch das Dunkel seiner eigenen Existenz zu erhellen.

4.

Bisher hatte er seine Frau noch nie betrogen.

Jakob Weiss wusste, dass er sich auf sie hundertprozentig verlassen konnte, ihre Charakterfestigkeit und Treue waren unerschütterlich, sie hatten ihm gerade in der letzten Zeit zunehmender Repressalien, die er als jüdischer Maler „entarteter Kunst" erfahren hatte, mit ihrer Liebe zur Seite gestanden, alle Versuche, sie zu einer Scheidung zu bewegen, waren gescheitert, auch sein Zureden, sie habe es dann doch leichter, hatte sie erzürnt zurückgewiesen. –

Aber jetzt war alles anders, jetzt war diese andere Frau da.

Er hatte ja auch bisher gar nicht gewusst, dass es sie gab, dass es einen Menschen gab, der ihm seelisch so nahekam, ja der ein Teil von ihm zu sein schien, den er unbewusst immer vermisst und gesucht, aber erst jetzt gefunden hatte.-

Er war aufgeregt wie ein kleiner Junge, seine Freude steigerte sich noch einmal, als er sie auf der vereinbarten Bank am Flussufer sitzen sah.

Ein warmer südlicher Sommerwind umwehte sie, Abenteuer lagen in der Luft, die leuchtenden sonnendurchfluteten Landschaften des Südens schienen sie über das silbrige Band des Flusses zum Meer hin zu locken, beiden war es wie ein

unwirklicher Rausch, der da über sie hereinge-
brochen war.

„Wie glücklich wir sind, und dabei ist es doch nur
die Liebe", sagte Jakob.

Und sie ermahnte ihn lächelnd:

„Nur die Liebe, Jakob", und schüttelte den Kopf.

„Wie kannst du nur sagen: Nur."

Und sie lachte wieder ihr kurzes, selbstironischen
Lachen, dann atmete sie tief ein und sagte:

„Sie ist alles für mich, alles, was ich mir je gewünscht habe, ich will nichts anderes mehr als
nur noch deine Liebe".

Zärtlich schmiegte sie sich an ihn.

Sie war so herrlich jung, so unbeschwert und arg-
los, sie strömte eine Reinheit und Fröhlichkeit
aus, die er auf jeden Fall beschützen musste.

„Du bist doch viel zu jung für mich, Hannah",
sagte er mit einem Anflug von Selbstmitleid. „Ich
könnte dein Vater sein."

Er spürte, wie sich ihr Körper verhärtete, dann
nahm sie sein Gesicht in ihre Hände und sagte:

„Sag so etwas nie noch einmal. Unsere Seelen gehören zusammen, das habe ich in dem Augenblick gemerkt, als ich dich zum ersten Mal in deinem Versteck gesehen habe, alles andere zählt
nicht."

Ihre jugendliche Begeisterung, die vorbehaltlose Hingabe an ihn, ihr grenzenloses Vertrauen in das gemeinsames Glück überwältigten ihn, eine ungeheuer große Kraft ging von ihr aus, es war genau das, was er in seiner augenblicklichen Lebenssituation brauchte, da ihn das Glück und die eigenen Kräfte zu verlassen schienen, jetzt hatte ihn sein Glück wieder gefunden, es hatte ihn plötzlich und mit einer derart großen Macht überwältigt, es machte ihn alles Traurige, Belastende, Dunkle vergessen; auch, dass er seine Frau und ihre Liebe mit diesem jungen Mädchen betrog, dieser Gedanke kam ihm nur kurz und verflog dann wieder, alles war so seltsam wirklich und unwirklich zugleich, so abgrundtief und überwältigend wie seine Existenzängste so tief waren auch seine Gefühle für dieser junge Frau.

Die Ernüchterung folgte seinem Glücksrausch schneller als er erwartet hatte:

Sie hatten einen Park betreten, an dessen Eingang ein Schild angebracht war:

Juden betreten diese Parkanlage auf eigene Gefahr.

Es war zwar nur eine Warnung und kein Verbot, aber das Sitzen auf den Parkbänken war Juden verboten.

Er stand plötzlich vor ihm, versperrte ihm den Blick auf das glänzende Band des Flusses, baute sich hämisch grinsend und herausfordernd vor ihm auf, nahm ihm nicht nur den freien Blick auf das glänzende Band des Flusses, sondern auch seine Würde:

Horbach war einer seiner „Kollegen" aus der Künstlervereinigung, die regelmäßig Ausstellungen der Werke ihre Mitglieder organisierte, vor Jahren hatte man bei einer dieser Ausstellungen Horbachs Bilder in einen abgelegenen Nebenraum verbannt, es waren drittklassige Werke ohne eigenen Charakter, anderen Malern nachempfunden, sie fielen gegenüber seinen Bildern deutlich ab, das hatte die Ausstellungsleitung auch so gesehen und ihm deshalb den größten und hellsten Raum zugewiesen.

Dies aber hatte ihm Horbach nie verziehen – und nun stand er hier vor ihm, sein hämisches Grinsen verriet seine böse Absicht, jetzt war wieder eine der Gelegenheiten, bei denen er es seinem verhassten erfolgreicheren jüdischen Kollegen heimzahlen konnte.

„Machen Sie mal Platz", sagte er in befehlendem Ton und maß ihn dabei mit verächtlichem Blick, die junge Frau neben Jakob Weiss nahm er nicht zur Kenntnis.

„Aber ein bisschen plötzlich, wenn ich bitten darf, sonst...", fügte er drohend hinzu.

Hannah verstand nicht, was da vor sich ging, wie sollte sie auch, entsetzt und mit weit aufgerissenen Augen starrte sie den grinsenden Mann an, der sich so unverschämt und provozierend vor ihnen aufgebaut und sie unsanft und jäh aus allen Träumen gerissen hatte.

„Sie können natürlich sitzen bleiben", sagte Horbach gönnerhaft zu ihr gewandt.

Jakob Weiss reagierte schnell: Auf keinen Fall durfte sie herausbekommen, was mit ihm los war, warum man ihn damals verfolgt hatte und jetzt von der Parkbank vertrieb, er ergriff ihren Arm und zog sie mit sich fort.

Sie war noch immer so sprachlos und verblüfft, dass sie sich ohne Gegenwehr erhob und mit ihm ging.

„Was war denn das?", fragte sie nach einigen Schritten.

„Was war das denn für ein unverschämter Kerl?" Ihre Stimme bebte vor Entrüstung.

„Ach lass den doch, Hannah", versuchte er sie zu beschwichtigen.

„Ein Provokateur wie es sie heute viele gibt", sagte er.

„Er hat einfach nur Streit gesucht, solchen Menschen geht man am besten aus dem Weg."

„Das glaube ich nicht", sagte sie kopfschüttelnd und blieb stehen.

Sie hatten jetzt den Eingang des Parks erreicht, Jakob Weiss versuchte sich so vor das Hinweisschild für Juden zu stellen, dass sie es nicht bemerkte.

„Das glaube ich nicht, dass du ein Feigling bist."

Er lächelte schwach.

„Vielleicht doch", sagte er.

„Damals deine Flucht vor dem Polizeibeamten – und jetzt lässt du dich von einer Parkbank vertreiben – warum hast du Angst, dich zu wehren?", fragte sie. Dass er ein sehr sensibler, feinsinniger, verletzbarer Mensch war, das hatte sie von Anfang an, als er sie aus seinem Versteck mit weidwunden Augen angesehen hatte und dann immer wieder festgestellt. Und deshalb liebte sie ihn ja auch, sie selbst hatte neben ihrem nüchtern-praktischen Verstand, der sie für den Arztberuf geeignet sein ließ, eine sensible, gefühlvolle Seite und konnte ihn deshalb so gut verstehen, aber dass er feige war, das wollte und konnte sie nicht begreifen, warum scheute er die Auseinandersetzung mit Menschen, die offensichtlich im Unrecht waren, warum floh er vor ihnen?

Jakob Weiss sah auf das Schild: Juden betreten den Park auf eigene Gefahr; die Worte, die er las, der Zynismus ihrer angedeuteten Bedrohung lösten in ihm wieder eine jener Gedankenketten aus, die – gespeist durch vielfache Demütigungen in den letzten Jahren und durch eine dauerhafte Überanspannung seiner Nerven – für ihn nicht mehr kontrollierbar waren:

Er dachte: Sie muss mich ja wirklich für einen Feigling halten, aber das muss ich hinnehmen, ich kann ihr unmöglich die Wahrheit sagen.

Unmöglich kann ich sie damit belasten.

Eine tiefe Kluft tat sich trotz ihrer Liebe, die völlig überraschend und wie ein Wunder über sie beide gekommen war, zwischen ihnen auf.

Wie natürlich und unverfälscht waren die Reaktionen dieser jungen deutschen, „arischen" Ärztin, wie ungebrochen war sie in ihrem Urvertrauen in das Recht und die Durchsetzungskraft des Guten.

Das kollektive Bewusstsein seines Volkes, wie es sich über Jahrhunderte einer leidvollen Geschichte ausgeprägt hatte und das auch er als Jude in sich trug, hatte ihm diese Selbstsicherheit genommen:

Er hatte sich intensiv mit der jüdischen Geschichte beschäftigt, besonders mit der nach dem jüdischen Krieg, der Zerstörung Jerusalems und der Zerstreuung unter alle Völker.

Vier Jahre lang hatte der Kampf gedauert, eine kleine Nation gegen die Römer, die Herren der damaligen Welt. Nach fünf Monaten Belagerung war Jerusalem im Jahre 70 eine Ruine in den Händen der Feinde, mehr als eine Million Juden waren getötet worden, fast eine Million in Gefangenschaft geraten.

Titus ließ die Kämpfer an Kreuz nageln, viele als Sklaven verkaufen, die ganze Stadt und der Tempel wurde geschliffen, damit war sein Volk zutiefst in seiner Existenz, seinen religiösen Wurzeln, die gleichzeitig immer auch seine politischen waren, entwurzelt.

Den Rest gaben die Römer dem geschundenen Volk und Land nach dem Aufstand des Bar Kochba, den viele für den lang erwarteten Messias hielten, im Jahr 135: Sie vernichteten alle jüdischen Siedlungsgebiete und zerstörten ganz Jerusalem, Juden wurde verboten, dort zu wohnen.

Ihm fiel ein, was seine Schwägerin, eine überzeugte „Deutsche Christin" erklärt hatte, als sie einmal darüber gesprochen hatten:

„Die Juden haben ja auch unseren Heiland getötet, sie wollten es ja nicht anders: Sein Blut komme über und uns unsere Kinder, haben sie geschrien."

Weitere Gespräche hatte es dann zwischen ihnen nicht mehr gegeben, sie hatte es schließlich ganz abgelehnt, mit ihrer Schwester, die in „Rassenschande" mit einem Juden verheiratet war und sich von ihm nicht scheiden lassen wollte, überhaupt noch weiteren Kontakt zu haben.

Ehr- und Machtlosigkeit ließen die damaligen und die heutigen Machthaber das Volk, das sich von Gott erwählt glaubte, spüren:

Die Römer hetzten wilde Tiere auf die gefangenen Juden, oder sie mussten in Gruppen gegeneinander kämpfen und sich umbringen.

Dieses „Gegeneinander" im eigenen Volk hatte Jakob Weiss am meisten beschäftigt, er fand es das Höchste an Infamie, es hatte sich auch immer wiederholt im Laufe der leidvollen Geschichte seines Volkes – auch in seiner eigenen Familie, in seiner Verzweiflung über diese Selbstzerstörung seines Volkes hatte er nach einer Erklärung in den prophetischen Schriften gesucht und dort die Verheißung gefunden, dass Gott selbst zuletzt hinter dieser Selbstzerfleischung stand, dass sie sein Gericht an seinem von ihm untreuen Volk war: Ich will sie ihrer Söhne und Töchter Fleisch fressen lassen, und einer soll des andern Fleisch essen in der Not und Angst, mit der ihre Feinde und die, die ihnen nach dem Leben trachten, sie bedrängen werden.

Sein Ururgroßonkel hatte sich vom Judentum und seiner jüdischen Familie getrennt und war konvertiert, nachfolgend mit ihm eine ganze Linie der Familie, es hatte zwar immer einmal wieder Versöhnungsversuche gegeben, wie ihm aus der Familienchronik berichtet worden war, diese hatten aber immer mit neuen Auseinandersetzungen geendet.

All dies ging ihm jetzt durch den Kopf, als er in den Augen der Frau, die er liebte, wie er bisher noch nie einen Menschen geliebt hatte, das Unverständnis für sein Verhalten sah und ihre Frage hörte: Bist du ein Feigling?

Er würde ihr einmal von dem Schicksal seines Volkes erzählen, ja, es hatte sich bei diesem ja wirklich auch ein Zug zur Feigheit, zum Duckmäusertum und Kriechertum durch die jahrhundertelange Verfolgung und Unterdrückung eingeprägt, und er hasste sich und sein Volk in diesen Augenblicken dafür, er hätte gerade jetzt alles darum gegeben, kein Jude zu sein, sondern ein Deutscher wie diese junge Ärztin, in die er sich unsterblich verliebt hatte, eine Deutsche war.

Frei und ledig wollte er sein, und die Zukunft läge vor ihnen beiden und alles Gute und Schöne, das sie sich wünschten, sie eine erfolgreiche Ärztin und er ein bewunderter Maler, Kinder würden sie haben, eine glückliche Familie würden sie sein.

Auch seine Frau hatte er geliebt, und er liebte sie immer noch, aber mit den Jahren hatte sich ihre Beziehung mehr und mehr verändert, besonders die nervliche Dauerbelastung durch seine Ausgrenzung als Jude hatte eine gereizte Stimmung zwischen ihnen geschaffen, er machte sich Vorwürfe, dass er sie an sich gebunden hatte und in sein Unglück mit hineinzog, sie ihm, dass er ihr nicht glaubte, dass sie all dieses Unbill aus Liebe zu ihm ertragen wollte.

Dass sie keine Kinder hatten, lag nicht an ihm, sie hatten sich beide untersuchen lassen, seine Frau war unfruchtbar, aber sie hatten sich damit abgefunden – erst jetzt im Zusammensein mit dieser jungen Frau tauchte überraschend bei ihm wieder der Kinderwunsch auf, in ihrer Gegenwart fühlte er sich um Jahre verjüngt. –

Während all dies ihm in wenigen Sekunden durch den Kopf ging, nahm er ihr Gesicht in seine Hände und küsste sie zärtlich auf den Mund.

„Ich liebe dich, Hannah", sagte er. Es war keine Antwort auf ihre Frage nach dem Grund seines

„feigen" Verhaltens, aber sie lächelte jetzt und schmiegte sich noch näher an ihn. Ihr Gefühl sagte ihr, dass dieser Mann nicht charakterlos war, es musste Gründe für sein Verhalten geben, aber sie waren jetzt nicht wichtig, wichtig war nur ihre Liebe zueinander.

„Ich liebe dich über alles", sagte sie. „Aber ich weiß so wenig von dir".

Er erzählte ihr, dass er Maler sei, schon einige erfolgreiche Ausstellungen gehabt habe und hoffe, einmal berühmt zu werden, sie sollte ihn doch für irgendetwas bewundern, nachdem er sie mehrmals durch sein Verhalten so sehr enttäuscht hatte.

Sie sah ihn mit verklärtem Blick an:

„Das wirst du bestimmt, einmal musst du mir deine Bilder zeigen."

Er hatte ihr gesagt, dass er verheiratet, seine Ehe aber ziemlich zerrüttet sei. „Wenn du frei bist" ergänzte sie, denn unter Druck wollte sie ihn nicht stellen.

5.

„Erzählen Sie mir von Ihren Ängsten", sagte die junge Ärztin und sah Daniel Weiss dabei forschend und nachdenklich an. „Angina Pectoris Anfälle haben oft psychische Ursachen."

Sie nahm einen Bleistift in die Hand, um sich Notizen zu machen.

„Sagen Sie mir zum Beispiel, wann diese Anfälle auftreten. Was geschah vorher, damit wir herausbekommen, wodurch sie ausgelöst werden?".

Er hatte sich nach seinem Angina Pectoris Anfall im Treppenhaus ihrer Praxis von ihr eine Spritze geben lassen, nun war er zum dritten Mal bei ihr, weil sie seiner Krankheit auf den Grund gehen wollte, wie sie sagte.

„Gestern Nacht bin ich schweißgebadet und mit einem Brennen in der Brust aufgewacht", sagte er. „Es war wieder derselbe Angsttraum, der mich in mehr oder weniger großen Zeitabständen verfolgt:

Ich versuche meinen Häschern zu entkommen, die mich in einer mir vertrauten Häuserzeile verfolgen, ich flüchte durch die Kellerräume, die miteinander verbunden, damit man bei dem Brand eines Hauses von dem einen in das andere flüchten kann.

Ich weiß, dass sie mir immer dicht auf den Fersen sind, dass mein Leben ein Ende hat, wenn sie mich ergreifen, und es ist, als wäre in dieser Angst und Panik die Existenz meines ganzen Volkes, ja der ganzen Welt, des Seins überhaupt bedroht. Es ist eine übergroße Angst, sie erfüllt mich ganz, ja so, dass ich selbst nichts anderes mehr bin als diese Angst, mich gleichsam in ihr auflöse und durch sie vernichtet und zu Nichts werde.

Ich haste das Treppenhaus hinauf und hoffe, in eine der Wohnungen zu gelangen, tatsächlich ist schon die erste Etagentür, die ich öffnen will, nicht verschlossen, kein Bewohner hält sich in ihr auf, und ich hoffe, dass sie nicht durchsucht wird."

Er hielt inne und sah die Ärztin an:

„Ich glaube, meine Verfolgungs- und Vernichtungsängste hängen mit meiner jüdischen Herkunft zusammen. Zwar ist der Zweig meiner Familie, aus der ich komme, Anfang des 19. Jahrhunderts zum Christentum konvertiert, aber gerade das bindet sie immer noch an ihren jüdischen Ursprung, es erzeugt bei ihr immer wieder ein schlechtes Gewissen:

Wir Konvertiten haben uns damit ja angepasst und uns das Leben unter den Völkern, in die wir zerstreut wurden, leicht gemacht – ich frage mich immer wieder, ob meine Vorfahren wirklich aus echter Glaubensüberzeugung zum Christentum übergetreten sind. So sind wir auch dem Holocaust entgangen, aber wir haben unsere Angehörigen, die ihrem Glauben treu blieben, im Stich gelassen. Glauben Sie, dass es so etwas wie Sippenhaft gibt, dass man büßen muss für die Sünden der Väter, wie die Bibel sagt?"

Die junge Ärztin lachte auf und schüttelte den Kopf.

„So etwas dürfen Sie mich nicht fragen, ich bin nicht so besonders fromm", sagte sie.

„In meiner Familie hat die Religion nie eine große Rolle gespielt. Wir wollten den Menschen helfen, das zieht sich durch meine ganze Familiengeschichte, in unserem Stammbaum finden sich immer wieder Ärzte und Heiler", sagte sie.

„Schon meine Großmutter hatte hier in diesen Räumen ihre Praxis."

Einen Augenblick hielt sie inne.

„Es ist wie ein Wunder, dass dieses Haus den Bombenangriff von 1943 überstanden hat, so ziemlich als einziges in dieser Straße. Es muss ein Feuersturm gewesen sein, hat sie erzählt, ein gezielter Angriff der Royal Air Force, der historische Stadtkern und die Innenstadt wurden weitgehend vernichtet."

Daniel Weiss dachte: Vielleicht war ja mein Großonkel schon hier bei ihrer Großmutter Patient
und vielleicht war er es, der sich hier im Treppenhaus in mir an seine Angst damals erinnert hat,
vielleicht ist er verfolgt worden und hat sich hier
in dieses Haus geflüchtet?
Er ahnte nicht, wie nahe er mit seinen Vermutun-
gen der Wahrheit kam.
Rahel Simon, wie die junge Ärztin hieß, mochte
ihn vom ersten Augenblick an, als er ihre Praxis
betreten hatte; sofort empfand sie eine innerli-
che Nähe zu ihm, als habe sie ihn schon immer
gekannt, sein Gesicht schien ihr vertraut, so, als
habe sie es nur eine Zeit lang vergessen, tauche
aber jetzt aus der Vergangenheit wieder auf,
seine Art, sich zu bewegen, wie er redete, alles
schien in ihr Erinnerungen wach zu rufen.
Dieses Déjà-vu war so stark, dass es ihr zunächst
schwerfiel, sich auf ihre Untersuchungen zu kon-
zentrieren.
Ich kann mich doch unmöglich in einen Mann ver-
lieben, der mein Vater sein könnte, sagte sie sich.
Je stärker sie sich innerlich zu ihm hingezogen
fühlte, umso distanzierter und sachlicher verhielt
sie sich.
Bei Daniel Weiss war es ähnlich, eben nur umgekehrt:

Auch ihm schien es, als habe er diese junge Frau schon immer gekannt, ihrem Charme und ihrer erotischen Ausstrahlung fühlte er sich hilflos ausgeliefert, ihre tiefe, sinnliche Stimme, der warmherzige Blick ihrer tiefgründigen, seelenvollen Augen lösten in ihm eine Woge des Gefühls aus, er wunderte sich, dass es ihn in seinem fortgeschrittenen Alter noch einmal so „umhauen" konnte, noch nie hatte er sich bisher so sehr in eine Frau verliebt.

Ein Vergleich fiel ihm ein:

Sie wirkte auf ihn wie eine gelungene Verbindung aus einer fröhlichen Mazurka und einem melancholischem Nocturne Chopins.

Was würde sie sagen, wenn er ihr sagte, dass er sie auch privat näher kennenlernen wollte? Würde sie ihn kühl abweisen, war ihre Warmherzigkeit doch nur Ausdruck ihrer ärztlichen Fürsorge, würde sie ihn zurechtweisen etwa mit dem Hinweis auf den Altersunterschied zwischen ihnen, dessen er sich schämte: Angesichts ihrer jugendlichen Frische kam er sich selbst uralt vor. Immer schon hatte er solche Zurückweisungen als seelische Verletzungen gefürchtet, er musste da sehr vorsichtig sein, solche Kränkungen trafen ihn immer sehr tief, er litt lange Zeit darunter, sein Selbstbewusstsein bekam einen „Knacks", und er zog sich immer wieder ganz in sich zurück, diese Schwäche hatte er seit seiner Pubertät in seinem ganzen Leben nie verloren, er hatte sie besser überspielen gelernt, so dass man sie nicht bemerkte, aber sie war doch da, ja, mit zunehmendem Alter war er sogar noch dünnhäutiger geworden .

Nein, sie hatte ein reines Arzt-Patientenverhältnis zu ihm, alles andere bildete er sich ein, er würde sich nur lächerlich machen, wenn er sich ihr offenbarte.

„Wie ist es in ihrem Traum weitergegangen ist", unterbrach die junge Ärztin ihn in seinen Gedanken.

„Hat man Sie denn nun verhaftet oder sind sie entkommen?"

Daniel Weiß schüttelte den Kopf.

„Das ist es ja gerade, eigentlich weiß ich nie, wie die Verfolgung ausgegangen ist. Meine Häscher sind ganz dicht hinter mir, aber kurz bevor sich entscheidet, ob sie mich ergreifen oder nicht, wache ich schweißgebadet auf.

Als ich in dem fremden Wohnzimmer bin, die Schritte der Gestapo-Beamten im Treppenhaus höre, taste ich eine Schrankwand ab, ich suche nach einer Geheimtür zur Nachbarwohnung, ich weiß ja, dass hier mehrere jüdische Familien nebeneinander wohnen und dass diese ihre Wohnungen miteinander verbunden haben, damit sie in solchen Situationen wie der seinigen rechtzeitig fliehen können.

Ich höre schon, wie sie die Wohnungstür aufzubrechen versuchen, es scheint, als wäre ich ihnen und all dem, was sie mir antun können, in wenigen Augenblicken ausgeliefert, in Sekundenschnelle läuft panikartig mein zukünftiges Schicksal im KZ, unter seelischer und körperlicher Folter, schließlich ein elendes Verenden unter Qualen vor meinem inneren Auge ab.

So wird es, denke ich noch im Traum, meinen jüdischen Angehörigen ergangen sein, die ihrem Glauben treu geblieben waren, ein schlechtes Gewissen plagt mich, es ist ja nur gerecht, dass ich jetzt zumindest im Traum als Nachfahre von Konvertiten, von Abtrünnigen das durchmache, was meine jüdischen Brüder und Schwestern tatsächlich erlitten haben.

Aber dann weicht das Denken wieder dem entsetzlichen Erleben des Traumes – gerade, als ich denke, dass mich die Angst wahnsinnig macht, gerade, als ich den Atem meiner Häscher schon im Nacken zu spüren meine, gerade da im letzten Augenblick spüre ich, wie die Wand an einer Stelle nachgibt, es gelingt mir, sie zur Seite zu schieben und in die Nachbarwohnung zu kommen.

Jetzt treten sie mit ihren Stiefeln die Türe ein, aber bevor sie vom Flur in das Zimmer stürzen, kann ich noch eben rechtzeitig, ohne dass sie es bemerken, die Schrankwand von meiner Seite aus wieder zurückschieben.

Aber wie komme ich aus dieser Wohnung wieder auf die Straße hinaus?

Erst jetzt bemerke ich die alte Dame in ihrem Lehnstuhl am Fenster, sie sieht mich an ohne Erstaunen über mein plötzliches Erscheinen, wird sie mich verraten, wenn meine Verfolger in ihre Wohnung eindringen? Nein, sie ist ja selbst Jüdin, wie könnte sie das tun.

Dann höre ich, wie die Schrankwand hinter mir zersplittert, ein Loch tut sich auf, ich will fliehen, aber ich kann mich nicht bewegen, Hände wollen nach mir greifen, eine Flut panischer Angst überschwemmt mich und raubt mir mein Bewusstsein.

Und ich wache zitternd und schweißgebadet auf, mein Mund ist ausgetrocknet, mein Kopf schmerzt, ich weiß im ersten Augenblick nicht, ob sie mich getötet haben oder ob ich noch lebe.

Das also ist die nachträgliche Strafe Gottes für die Konversion und Assimilation meiner Vorfahren, dafür, dass sie die Synagoge verlassen haben, solches Unglück hat man ja meinen Vorfahren auch prophezeit.

Dann aber fällt mir ein, dass sie mir ja gar nichts anhaben können, ich habe ja den Ahnenpass, und der belegt, dass wir bis zum Jahr 1800 reine Arier sind."

„Erklären Sie mir mal, was das ist: ein Arierpass", unterbrach ihn die junge Ärztin.

„Ich habe den Begriff zwar schon mal gehört, aber Genaues weiß ich nicht."

Daniel Weiss sah sie erstaunt, fast ein wenig neidvoll an, wie unbelastet sie war, wenn ein Mensch nicht einmal wusste, was ein Ariernachweis war, wie konnte er überhaupt ahnen, welche Ängste die hatten, die damals in der Nazizeit keinen hatten.

„Der Arierpass war im Nazi-Deutschland von 1933 bis 1945 eine beglaubigte Ahnentafel, der Nachweis, dass man rein arischer Abstammung aus der arischen Volksgemeinschaft war. Bestimmte Personengruppen brauchten ihn, Beamte, Ärzte, Juristen, Hochschullehrer. Als Nichtarier wurde man sonst ausgegrenzt, die Bürgerrechte wurden einem aberkannt, das führte bis zur Deportation ins Ghetto, zum Massenmord in Konzentrationslagern."

Einen Augenblick hielt er inne, was er da so nüchtern zusammenfasste waren millionenfache leidvolle Einzelschicksale, der Gedanke daran übermannte ihn einen Augenblick und trieb ihm die Tränen in die Augen, er wandte sich ab, damit sie es nicht merkte, er dachte auch an das tragische Ende seines Großonkels, des Malers, und seiner Tante, vielleicht würde er ihr davon einmal erzählen, für heute reichte das Allgemeine.

„Mangels spezifischer Rassemerkmale für Juden wurde die jüdische Religion als Merkmal zur Hilfe genommen", fuhr er fort. „Als arisch galt nur der, der eine Abstammung von nichtjüdischen Großeltern beweisen konnte. Von wem die Urgroßeltern abstammten und welcher Religion sie angehört hatten, ließ das Gesetz außer Betracht. Das übrigens hat meinem Vater und seiner Familie das Leben gerettet, dass er als Jurist nur den kleinen Ariernachweis vorlegen musste: Sieben Geburts- oder Taufurkunden, seine eigene, seiner Eltern und der vier Großeltern sowie drei Heiratsurkunden, die der Eltern und Großeltern. Die mussten von Pastoren, Standesbeamten oder Archivaren offiziell beglaubigt werden – dass die christlichen Kirchen dabei mitgemacht haben, finde ich besonders schlimm, wenn man bedenkt, dass es sie ohne uns Juden gar nicht gäbe und wie dünn ihre Heilige Schrift ohne unsere wäre, die sie das Alte Testament nennen. Wie sich später herausstellte, suchten einzelne Pfarrer, vor allem solche, die zu den Deutschen Christen gehörten, von sich aus Christen aus ihren Tauf- und Trauregistern heraus, die jüdischer Abstammung waren und meldeten sie den Behörden."

Er hielt wieder inne und schluckte, diesmal nicht aus Trauer, sondern aus Wut.

„Wenn es nicht auch die Bekennende Kirche gegeben hätte, deren Pfarrer von den Nazis bespitzelt und verfolgt wurden und die vielen Juden geholfen haben, ich wäre längst aus der Kirche ausgetreten."

Durch das geöffnete Fenster hinter der jungen Ärztin drang Geschrei von der Straße herauf in das Behandlungszimmer, ein Auto hupte, eine männliche Stimme schimpfte und drohte damit, die Polizei zu rufen, eine alltägliche Auseinandersetzung, dachte Daniel Weiß, ob diese Menschen wussten, wie glücklich sie sein konnten, dass sie in dieser Zeit lebten?

„Hätten sie meinen Vater auch noch nach dessen Ururgroßvater gefragt, so hätten sie herausbekommen, dass dieser vom Judentum zum Christentum konvertiert ist. Die NSAP verlangte den großen Ariernachweis bis 1800, für Bewerber bei der SS sogar bis 1750. Auch dabei wirkten die Kirchen mit, sie legten zum Teil eigene alphabetische Taufverzeichnisse ab 1800 an und führten außerdem besondere Karteien für getaufte Juden. Die sogenannten Voll- Halb- und Vierteljuden wurden vom NS-Regime ihrer Bürgerrechte beraubt, sie wurden aus ihren Berufen entlassen und durften diese nicht mehr oder nur eingeschränkt ausüben – so wie es hier in dieser Stadt auch meinem Großonkel, dem Maler ergangen ist."

„Das muss für ihn nicht einfach gewesen sein", mutmaßte Rahel.

„Bestimmt nicht", bestätigte Daniel Weiss.

Plötzlich lächelte die junge Ärztin vor ihm, um dann sofort wieder ihren ernsten gesammelten Gesichtsausdruck anzunehmen.

„Ich weiß jetzt, was Sie haben", sagte sie. Einen Augenblick schwieg sie.

„Sie haben ein schlechtes Gewissen", stellte sie fest, es klang fast ein wenig wie ein kategorisches Urteil, fand Daniel Weiss.

„Und zwar nicht nur ein persönliches, nein, es gibt ja auch so etwas wie ein kollektives Unbewusstes und dessen Archetypen, lehrte der große Psychologe Carl Gustav Jung, und also gibt es eben auch ein kollektives, ererbtes schlechtes Gewissen.“

Ihr Gesicht nahm jetzt einen lehrerhaften, beinahe ein wenig überheblichen Ausdruck an, der in komischen Kontrast zu ihrer Anmut und Hübschheit stand, wie Daniel Weiss fand, er konnte sich fast ein Lächeln nicht verkneifen.

„Er schreibt einmal davon, dass es nichts Böses gäbe, von dem Menschen nicht besessen werden könnten, wenn sie durch einen „Archetypen“ beherrscht werden. Dies habe in erschreckender Weise das Wiedererwachen mittelalterlicher Judenverfolgung im Nationalsozialismus gezeigt. Wenn im Leben etwas geschehe, das einem Archetypus, einem kollektiven Unbewussten entspräche wie die Ausgrenzung und Verfolgung der Juden, werde dieser aktiviert. Was dann geschähe sei von einer Zwanghaftigkeit, die einer Instinktreaktion gleiche, es setze sich gegen Vernunft und Willen durch. Oder rufe einen Konflikt hervor, dieser wachse an bis zum Krankhaften, bis zu einer Art kollektiven Neurose. Mit ihrer Rassenideologie und ihrem Wahn von der Überlegenheit der arischen Herrenrasse haben sich die Nazis wieder zu Tätern und die Juden wieder zu Opfern gemacht, und Sie, die Konvertiten, haben wieder ihr schlechtes Gewissen entdeckt, weil sie ihr jüdisches Volk im Stich gelassen und dem deutschen Volk angepasst, sich assimiliert haben."

Sie unterbrach sich und lachte kurz auf.

„Jetzt doziere ich wie im Hörsaal", sagte sie; obwohl sie sich selbst ironisierte spürte Daniel Weiss, dass sie ihm mit ihrem Wissen und der Andeutung, sie halte als Dozentin Vorlesungen, imponieren wollte.

Er wunderte sich, dass diese junge Ärztin Carl Gustav Jung, einen Zeitgenossen Sigmund Freuds, kannte, die neuere Psychologie hatte sich als Verhaltenspsychologie weit von der Lehre Freuds und Jungs entfernt.

„Jung gilt zwar wie Freud heute unter den Psychologen als überholt", sagte die Ärztin, als habe sie seine Gedanken erraten.

„Aber Sie verdrängen jedenfalls eine Menge Leichen im Keller Ihrer Seele, der eigenen wie der ihres Volkes, zu dem sie ja doch gehören, innerlich jedenfalls, Sie kommen ja von ihm und Ihrer jüdischen Vergangenheit gar nicht los, deshalb Ihre intensive Traumarbeit, in der Sie alles verarbeiten müssen. Um die Leichen in Ihrer Seele, Ihre Vorfahren zu verdrängen, brauchen Sie eine Menge Energie, die sich dann gegen Sie selber richtet, und das bewirkt als körperliches Symptom ihre Angina Pectoris."

X

Am Nachmittag machte er sich wieder auf den Weg zu dem im Wald versteckt gelegenen, kleinen jüdischen Friedhof, er wollte noch einmal das Gespräch mit seinem Urururgroßvater Friedrich Jakob Daniel Weis, dem Konvertiten suchen, er wollte wissen, warum dieser die Synagoge verlassen hatte, welche Umstände, welche äußeren und inneren Motive ihn dazu veranlasst hatten.

Er hatte ein Buch mitgenommen, in dem beschrieben wurde, wie es den Juden bei den Hepp-Hepp-Unruhen zu Beginn des 19. Jahrhunderts ergangen war.

Er setzte sich auf einen Grashügel oberhalb des Friedhofes, von dieser Stelle aus konnte er alle Gräber überblicken.

Seine Phantasie kam ihm zu Hilfe, in ihr wurde mit einem Mal – nachdem er längere Zeit auf die stummen, leblosen, steinernen Grabdenkmäler gestarrt hatte – sein Urururgroßvater Friedrich für ihn wieder lebendig und die Ereignisse, von denen das Buch in seinen Händen erzählte, wurden in seinen Worten zu persönlichem Erleben.

Friedrich Weiss erhob sich aus seinem Grab, winkte seinem Nachfahren freundlich zu als sei es eine Selbstverständlichkeit, dass er, der Konvertit, hier auf diesem jüdischen Friedhof beerdigt war und jetzt mit seinem Urururenkel sprach.

„Ja, du wunderst dich, mein Sohn", hörte er die Stimme des Alten zum ihm sprechen. „Du wunderst dich, mich hier beerdigt zu sehen, da ich doch zum Christentum konvertiert bin, wie du weißt."

„Ja, das wundert mich", bestätigte Daniel Weiss. „Was machst du hier unter denen, die du verlassen hast, und vor allem erkläre mir, warum hast du die Synagoge verlassen und bist zur Ekklesia gegangen?".

„Du kennst dich gut aus", lobte ihn sein Vorfahr.

„Ich war Geschichtslehrer", erklärte Daniel Weiss ihm. „Deshalb weiß ich, dass in der christlichen Tradition die Synagoge zum Symbol des Judentums wurde, um sich von ihr abzusetzen haben die Christen dann die Ekklesia als Bezeichnung für das Christentum gewählt, obwohl beides, Synagoga und Ecclesia ursprünglich gleichbedeutend ist und sich von dem hebräischen Kahal ableitet, und die von Gott zusammengerufenen Versammlung des Volkes meint."

„Du bist belesen", stellte sein Urururgroßvater fest. „Das gefällt mir, du hättest Rabbi werden können, wenn deine Vorfahren der Synagoge treu geblieben wären."

Seine Worte klangen fast wie ein Vorwurf, sodass Daniel Weiss jetzt entgegnete: „Das musst du gerade sagen, du Konvertit, du gehörtest ja dann zur christlichen Gesellschaft."

Jetzt lachte der Alte und strich sich durch seinen Bart.

„Gehörte", verbesserte er seinen Nachfahren. „Gehörte – später habe ich dann meine Konversion bereut und bin zum Judentum zurückgekehrt, leider haben meine Kinder den Weg zurück nicht mehr gefunden, sie sind Gojim geblieben."

„Warum bist du dann überhaupt erst Christ geworden?" fragte Daniel Weiß.

„Das hat mit dem Toleranzedikt von 1813, das auch uns Juden miteinschloss, zu tun und damit, dass es danach in der Zeit der Restauration wieder aufgehoben wurde", antwortete der Alte. „Nach dem Sieg über Napoleon, der das Edikt eingeführt hatte, wollte man es rückgängig machen, denn man fürchtete unseren sozialen Aufstieg, unsere wirtschaftliche Konkurrenz und unsere politische Gleichberechtigung, deshalb wollte man unsere Emanzipation nicht. Wir wurden zum

Sündenbock für die eigenen Probleme gemacht, Hauptursache für die vielen Krawalle dieser Jahrzehnte war wohl der Konkurrenzdruck, der sich die kleinbürgerlichen Schichten durch uns Juden ausgesetzt sahen, hinzukam, dass manche bei jüdischen Kreditgebern verschuldet waren. Die aber waren nur deshalb im Geldgeschäft, weil man ihnen seit Jahrhunderten den Erwerb von Grundbesitz verboten hatte."

„Und, wie war es bei dir und in unserer Familie, wie habt ihr diese Zeit erlebt?" fragte Daniel Weiss.

„Ich war damals Student der Rechte", antwortete der Alte.

„Rechtsanwalt wollte ich werden, wollte es weiterbringen als mein Vater, der einen Kaufmannsladen hatte. Aber Rechtsanwalt konnte ich als Jude ja gar nicht werden, es gab für mich damals kein anderes Entree-Billet in die deutsche Gesellschaft als die Taufe", antwortete der Alte. „Das haben sie mir damals ziemlich eindrücklich gemacht." Einen Augenblick hielt er inne, als müsse er für die Erzählung des Folgenden erst Kraft gewinnen.

„Sie haben meinem Vater die Fenster mit Steinen eingeworfen", fuhr er dann fort.

„Ich war gerade von der Universität für einige Tage nach Hause gekommen, als in unserer Stadt die Hepp-Hepp- Unruhen ausbrachen."

„Ich weiß", sagte Daniel Weiss. Wieder konnte er seinem Urururgroßvater zeigen, welche profunden Geschichtskenntnisse er besaß und wie sehr er sich für seine Familiengeschichte interessierte.

„Hep, hep, der Jude muss in Dreck, Jude verreck – so haben sie euch zugerufen wie man Zugtiere antreibt, damit sie die Füße heben oder andere Tiere, damit sie davonlaufen oder springen: Hau ab, lauf weg – ja, wie die Tiere haben sie euch behandelt, nicht wie Menschen, mehr wart ihr in ihren Augen nicht wert, erniedrigt und gedemütigt haben sie euch."

„Sie haben den Kaufladen meines Vaters aufgebrochen und seine Waren auf die Straße geworfen. Als er sich wehren wollte, haben sie ihn festgehalten, und als mein Bruder und ich meinem Vater zur Hilfe eilen wollten, haben sie uns niedergeschlagen.

Vorher hatte ich schon an der Universität erlebt, wozu blinder Hass fähig ist: Kommilitonen hatten in der Vorlesung einen Professor niedergeschrien, der es gewagt hatte, sich in einigen Schriften für uns Juden und unsere Rechte einzusetzen. Sie haben ihn aus dem Gebäude vertrieben mit dem Ruf: Hep, Hep, Hep, die Anfangsbuchstaben von Hierosolyma est perdita – Jerusalem ist verloren, so ist ihr Parole, ihr Kampfruf gegen uns.

Und dann kochte wieder die uralte Feindschaft zwischen Christen und Juden hoch, eine Proklamation wurde vorgelesen an die „Brüder in Christo", sie sollten sich sammeln gegen die Feinde ihres Glaubens, es sei Zeit, das Geschlecht der Christusmörder zu unterdrücken, damit sie nicht ihrerseits über die Christen herrschten, das von ihnen selbst gefällte Urteil sollte jetzt endlich an ihnen vollstreckt werden: Sein Tod komme über uns und unsere Kinder. Der Kampfruf sei „Hep Hep Hep, aller Juden Tod und Verderben, sie müssen fliehen oder sterben".

Ich war erschrocken über so viel Hass, der uns entgegenschlug, ich fühlte mich vollkommen ausgestoßen, erniedrigt und gedemütigt, aber ein ebenfalls jüdischer Kommilitone ermahnte uns, wir sollten weiter unermüdlich um unsere Rechte kämpfen.

Er sagte, wir lebten in einem Jahrhundert der Freiheit, die „Französische Revolution" werde auch uns weiter den Weg bahnen, egalitè, fraternitè und libertè – das gelte auch für uns Juden. Unser Glaube an die Macht der Gerechtigkeit und des Guten sei unser Messias-Glaube, an dem sollten wir festhalten.

Aber ich glaubte nicht, dass ich je das Recht haben würde, mich nach bestandenem Examen als Anwalt oder Dozent niederzulassen, dagegen versperrten mir einfach die antijüdischen Gesetze der Restauration den Weg, sie hoben die Rechte des Toleranzediktes von 1813 wieder auf. Ich hätte im Geheimen und unbefugt als Winkeladvokat arbeiten müssen."

Der Alte hielt inne und strich sich wieder durch seinen Bart, es war eine Gewohnheits-Geste, mit der er seine innere Erregung abreagierte, stellte Daniel Weiss fest.

„Mein Bruder und meine Mutter wuschen dem Vater das Blut aus dem Gesicht und kühlten die Stellen, an denen ihn die Steine getroffen hatten, mit nassen Tüchern. Wir werden in dieser Gesellschaft immer Fremde und Verfolgte bleiben, sagte er zu mir gewandt. Es ist besser, du findest dich damit ab.

Nie, sagte ich. Ich werde nicht eher ruhen, als bis wir Juden gleichberechtigte Bürger sind, das muss uns einmal gelingen, Das Ideal der Humanität ist so tief in der europäischen Kultur verankert, dass es sich auch in der Politik einmal durchsetzen wird. Sie können uns nicht ewig als

Eingewanderte behandeln, wir leben jetzt seit Jahrhunderten hier, das deutsche Vaterland ist auch unser Vaterland, es ist auch meine Sprache, es ist auch meine Kultur.

Wir sind und bleiben Juden, entgegnete jetzt mein Vater. Er musste starke Schmerzen haben, sein linkes Auge war geschwollen, aber es waren nicht die körperlichen, es waren die seelischen Verletzungen durch das Geschehene, die ihm am meisten zu schaffen machten. Unter denen, die meinen Laden zertrümmert und mich niedergeschlagen haben, sagte er, war auch ein − nun, nennen wir ihn so − guter Bekannter, bis dahin hatte ich sogar gedacht, er sie ein Freund.

Mein Vater unterbrach sich, ich merkte, wie er schluckte, es wäre mir peinlich gewesen, wenn er jetzt doch noch in Schluchzen ausgebrochen wäre, aber er beherrschte sich wieder und fuhr fort, indem er sich zu mir umwandte:

Es ist gefährlich wie du denkst, man könnte meinen, du wolltest kein Jude mehr sein. Wenn du das willst, einer von ihnen sein, dann werden dir die anderen sehr schnell wieder zeigen, wohin du gehörst, diese Enttäuschung möchte ich dir gerne ersparen, lass dir das, was du hier siehst eine Lehre sein.

Er deutet mit dem Arm auf den zerstörten Laden, die zertrümmerten Regale und die über den Boden verstreuten Lebensmittel. Jetzt versuchte unsere Mutter zu vermitteln:

Er muss seinen eigenen Weg finden, sagte sie.

Mein Vater lachte kurz auf. Ja, sagte er, und es klang verbittert, ich konnte ihm nach dem, was er erlebt hatte, dafür nicht einmal böse sein. Ich weiß schon wohin ihn sein Weg führt, zu Maria, der Bürgermeistertochter, wird er gleich wieder wollen, heiraten wird er sie wollen, aber sie wird ihn nur heiraten dürfen, wenn er sich hat taufen lassen, ist es nicht so, mein Sohn?"

6.

Bei dem Versuch, das Erlebte zu verarbeiten, waren Daniel Weiss und die junge Ärztin, die die Ursache seiner Angina Pectoris Anfälle herauszufinden versuchte, beide auf den Begriff des kollektiven Unbewussten des Psychologen C. G. Jung gestoßen:

Das kollektive Unbewusste sei ein Teil der Psyche, so lehrte dieser, der von einem persönlichen Unbewussten dadurch negativ unterschieden werden könne, dass er seine Existenz nicht persönlicher Erfahrung verdanke und daher keine persönliche Erwerbung sei.

Dies schien Daniel Weiss die einzig plausible Erklärung dafür, dass er das Erlebte mit all seinen Motiven, Inhalten und Gefühlen, besonders mit den Ängsten, einerseits unmittelbar in sich trug, aber dennoch nicht selber erlebt hatte.

Der Bericht seines Urururgroßvaters über die Verfolgungzeit der Hep-Hep-Unruhen und seine Sehnsucht nach Integration in der christlichen Gesellschaft im Geist des Ideals der Humanität hatten in ihm die Erinnerung an eine neutestamentliche Bibelstelle wachgerufen; in ihr war davon die Rede, dass der Erlöser aller Menschen der Friede selber sei, denn er habe aus beiden, Juden und Heiden, eines gemacht, und den Zaun abgebrochen, der dazwischen war, nämlich die Feindschaft.

War sein Urururgroßvater deshalb konvertiert, weil er diesen „Zaun" abbrechen wollte, der ihn ja auch von seiner Verlobten, einer gewissen Maria getrennt zu haben schien, deren Eltern eine Eheschließung ihrer Tochter mit ihm so lange ausschlossen, wie er nicht ihrer christlichen Religion angehörte.

Bei seinem nächsten Besuch auf dem jüdischen Waldfriedhof, dessen Ab-„Zäunung" und Ausgrenzung von dem großen kirchlichen Friedhof ihn sehr an den „Zaun" zwischen Juden und Heiden erinnerte, würde er ihn fragen, ob er nur aus Liebe zu seiner Maria konvertiert sei oder auch aus innerer Überzeugung.

X

Der Tritt traf Jakob Weiss genau in der Kniekehle, er knickte augenblicklich ein und fiel zu Boden unmittelbar zu Füßen der Frau, die er liebte wie er keinen anderen Menschen bisher geliebt hatte.

Er hatte bisher bereits viele Schikanen, Erniedrigungen und Demütigungen durch die Nazis erfahren, man hatte ihn mehrmals verhört und dabei gefoltert, einmal hatte ein Gestapo-Beamter ihm plötzlich den Stuhl, auf dem er saß, weggetreten, ein anderes Mal hatte er ihm eine schallende Ohrfeige verpasst, angeblich dafür, dass er eine freche Antwort auf dessen Frage gegeben habe.

Aber diese Demütigung, die er jetzt erfuhr, war die größte, das Entsetzten in ihren Augen würde er nie vergessen, darüber, dass er dort vor ihren Füßen lag, entehrt und wehrlos, der Mann, den sie liebte wie sie bisher keinen anderen Mann geliebt hatte, sie schien das Geschehene nicht fassen zu können und zu wollen.

Vielleicht hatte sie ja auch schon geahnt, dass es ein Geheimnis gab in seinem Leben, hatte es aber nicht wissen wollen, weil sich nichts zwischen sie beide drängen sollte, die Verfolgungsjagd durch die Gestapo, seine Erklärungen hierfür, die Aufforderung an ihn, die Bank im Park zu räumen — all das hatte sie wohl verdrängt, hatte nicht weiter darüber nachdenken wollen, weil die Wahrheit ihr das Schönste, das sie bisher in ihrem Leben erfahren hatte, diesen Mann, den sie bewunderte und verehrte, vielleicht wieder genommen hätte; dass er erheblich älter war als sie, spielte dabei nicht die entscheidende Rolle, sie fühlte sich bei ihm einfach glücklich und geborgen, ihre leiseste Gemütsregung entging ihm in seiner

Sensibilität nicht, noch nie hatte sie sich so verstanden und geliebt gefühlt.

Man hatte sie wieder einmal aus ihren Häusern geholt und zusammengetrieben wie ein Herde Vieh, er hatte es schon an dem Knallen der Stiefel auf den Dielen des Treppenhauses gehört, sie schellten auch nicht einmal an der Wohnungstür, sie schlugen mit den Fäusten gegen die Scheiben, die zersplitterten – schon in diesen kleinen Gewalttätigkeiten genossen sie, diese Kleingeister, ihre Macht, dachte Jakob Weiss – und befahlen: Weiss, sofort auf die Straße rauskommen.

Unten standen schon in Zweierreihen die anderen jüdischen Bewohner des Viertels, früher einmal alles angesehene Bürger, an der Spitze des Zuges Goldstein und Maier, sie waren gezwungen worden, ein Schild vor sich her zu tragen in Form eines Davidsterns, auf dem geschrieben stand: „Gott verlässt uns nicht". Auf diese Weise sollte das „erwählte Volk" verhöhnt werden, die SS begleitete den Zug – mehrere Offiziere mit schwarzen Kappen, langen Mänteln und hohen Stiefeln, mit ihrem herrischen, verächtlichen Auftreten machten sie unmissverständlich deutlich, wer jetzt das erwählte Volk war, nämlich sie, die Arier, denen die Macht über das jüdische Volk gegeben war.

Auf dem Bürgersteig waren die Passanten stehen geblieben, in ihren Gesichtern spiegelten sich die unterschiedlichsten Empfindungen, von unverhohlener Schadenfreude und Sadismus bis hin zu Anteilnahme, Angst und Abscheu — an ihnen vorbei wurden ihre jüdischen Mitbürger nun durch die Straßen der Stadt getrieben. —

Er hatte sie eher gesehen, als dass sie ihn erkannt hatte, sie stand inmitten anderer Frauen, deren Gesichter Mitleid, ja Hilfsbereitschaft zeigten, wenn einer der älteren Männer aus Erschöpfung stehen bleiben musste und mit einem rohen Schlag zum Weitergehen angetrieben wurde. Wie immer erlebte Jakob Weiss auch dies alles wie eine Vorlage für eines seiner Bilder der Neuen Sachlichkeit, zu der er sich nach seiner impressionistischen Phase mit ihrer Farbenpracht und Lichtfülle gewandt hatte, seine Farbpalette wurde jetzt durch grau-grüne Farbschattierungen bestimmt, die Szenen zeigten deutlich Sozialkritik, sein Interesse galt den benachteiligten Schichten, seine Bilder waren nun das Ergebnis eines sensiblen, mitfühlenden Beobachters.

So erlebte er das Geschehen sowohl aus der Sicht derer, die durch die Straßen getrieben wurden als auch aus der der Passanten, die dieses unwürdige, entehrende Schauspiel ohnmächtig mit ansehen mussten, weil sie bei jedem Protest oder Eingreifen befürchten mussten, selber zu Opfern zu werden.

Er musste auf jeden Fall verhindern, dass sie ihn in dem Zug der Geächteten entdeckte, ihn, der für sie ein geachteter Maler, ein Künstler sein wollte, dies Bild sollte sie von ihm behalten, so wollte er von ihr geliebt sein, und er glaubte, dass er und sie, dass sie beide es nicht würden ertragen können, wenn er vor ihr als verhöhnter Jude dastehen würde, dass ihre Liebe dies nicht überstehen würde, ihre Enttäuschung wäre zu groß, und gerade diese bewundernde, ja verehrende Liebe zu ihm war in der letzten Zeit alles, was ihm noch etwas bedeutet hatte, nachdem man ihm alles andere genommen hatte, nachdem auch das Verhältnis zu seiner Frau immer gereizter und angespannter geworden war.

Er hatte sein Gesicht abgewandt, so dass sie ihn nicht erkennen sollte – gerade dies aber erregte den Zorn eines der Begleitoffiziere der SS, er sah darin eine Beleidigung der deutschen Bevölkerung:

„Was wendest du dich von diesen Ariern ab", schrie er ihn an.

„Hast du Judenlümmel etwa keinen Respekt vor deutschen Frauen. Dann werde ich ihn dir beibringen."

Sein Stiefel traf ihn mit voller Wucht in der Kniekehle.

Nach diesem Tritt kam Jakob Weiss nicht mehr selber auf die Beine, zwei seiner jüdischen Mitgefangenen hoben ihn auf, versuchten ihn, einige Meter mitzuschleifen, aber da er vor Schmerzen nicht mehr auftreten konnte, ließen sie ihn am Bordstein liegen.

Der SS-Mann beugte sich über ihn, er meinte, Jakob Weiss simuliere und schlug ihm mehrmals ins Gesicht, sodass er zu bluten begann.

Als er sich dennoch nicht wieder erhob, kommandierte er:

„Lasst den Schwächling da liegen, er hat genug für heute. Das wird ihm eine Lehre sein", und er winkte den anderen, weiterzumarschieren.

Jakob Weiss zitterte vor Schmerzen, sein Knie war angeschwollen, eine Sehne musste gerissen sein, er konnte das Bein nicht mehr bewegen.

7.

Es rumorte in ihm – in den Tagen, da er untätig
und mit Schmerzen, die die ihm verabreichten
Schmerzmitteln nur vorübergehend und nie ganz
lindern konnte, darniederlag, hatte er genug Zeit,
sich Gedanken über das Geschehene zu machen.
Seine Frau hatte ihm ihre deutsche Bibel ans Bett
gelegt, in der auch das Neue Testament enthal-
ten war, das sie ihm immer mit besonderem
Nachdruck zu lesen empfahl, er suchte darin die
Stellen, die seiner ohnmächtigen Wut Ausdruck
geben konnten, und er fand sie:
Im Matthäusevangelium las er das Wort des Erlö-
sers über den Verräter Judas, dass der Menschensohn zwar dahin gehe, wie von ihm geschrieben steht, dass ihm der Hohn und Spott, die
Folter und der Kreuzestod ja von Gott bestimmt
seien, doch wehe dem Menschen, durch den der
Menschensohn verraten wird! Es wäre für diesen
Menschen besser, wenn er nie geboren wäre.
Wenn es schon dieser Gott, den man nicht verstehen konnte, zuließ, dass sein erwähltes Volk
verraten, gequält und geschunden wurde wie
sein Sohn damals, dann galt doch auch für die, die
ihm, Jakob Weiss, dies antaten, dass sie besser
nie geboren wären, dass er sie dafür richten
werde.

Und dazu passte auch die Stelle in seiner eigenen hebräischen Bibel, in der Gott sein Volk zwar wegen dessen Untreue und seiner unrechten Taten an die Heidenvölker preisgab, diese aber dennoch für die Gewalttaten an seinem Volk bestrafen androhte:

Seinen Propheten Jesaja lässt er den Assyrern sagen, dass sie zwar einerseits die Rute und Geißel seines Zornes und Grimms seien, dass er sie als sein Werkzeug des Gerichtes gegen sein eigenes Volk gebrauche, da dieses gottlos geworden sei, und er ihm deswegen zürne, dass er es deshalb berauben, ausplündern und zertreten lasse wie „Dreck auf der Straße" – ja, ganz so hatte auch er sich gefühlt, als er von diesem SS-Offizier niedergetreten worden war.

Da aber die Großmacht Assyrien ihr Handeln nur in Eigensucht und Machtgier ausübe, weil es meinte, es sei seine Macht, die sie mächtiger mache als andere Völker, als dies Volk Israel, deshalb sprach der Herr, nachdem es ihm als Werkzeug zum Gericht über Israel ausgedient habe: Ich will heimsuchen die Frucht des Hochmuts des Königs von Assyrien und den Stolz seines hoffärtigen Auges.

In der christlichen Bibel seiner Frau fand er seine eigene Frage angesichts der Verfolgung durch die

Nazis wieder in einem Wort des Heidenapostels Paulus: So frage ich nun: Hat denn Gott sein Volk verstoßen? Das sei ferne! Denn ich bin auch ein Israelit, vom Geschlecht Abrahams, aus dem Stamm Benjamin.

Auch er, Jakob Weiss, war ein Israelit aus dem Geschlecht Abrahams, zwar nicht aus dem Stamm Benjamin, sondern aus dem Stamm Sebulon, die Farbe „Weiss" ordnete man diesem Stamm zu, auch für ihn galt also das Wort des Heidenapostels trotz des Zornes Gottes über sein Volk, das seinen Sohn hatte kreuzigen lassen, eines Zornes, der ja berechtigt war, wenn Jesus wirklich der Messias gewesen sein sollte, wie die Christen, wie seine Frau glaubte:

Gott hat sein Volk nicht verstoßen, das er zuvor erwählt hat.

Bei allem zynischen Sadismus, mit dem die SS die gefangenen Juden das Schild mit dem Satz: „Gott verlässt uns nicht" hatte trage lassen – sie hatten damit doch letztlich eine Wahrheit bezeugen müssen.

Gott bleibt seinem Volk trotz allem verbunden, auch in seiner Verfolgungs- und Leidenszeit bleibt es sein Augapfel, und der, der es angreift, wird es mit dem lebendigen Gott und mit dem Feuer seines Zornesgerichte zu tun bekommen:

Wer euch antastet, der tastet meinen Augapfel an. Denn siehe, ich will meine Hand über sie schwingen, dass sie eine Beute derer werden sollen, die ihnen haben dienen müssen, las Jakob Weiss im Propheten Sacharja.

X

Sie hatte sich über ihn gebeugt, nie würde er den erschrockenen, ja fassungslosen Ausdruck in ihren seelenvollen Augen vergessen, und es war, als wolle sie durch die stete Wiederholung ihrer Worte das eben Erlebte zu begreifen versuchen: „Jude bist du, das ist es: Jude."
Sie sah dem Zug der Gefangenen nach, wie er hinter der Straßenbiegung verschwand, dann blickte sie wieder auf den vor ihr am Boden liegenden Jakob Weiss hinunter, sie hörte neben sich eine der Passantinnen sagen:
„Lassen Sie den doch, wenn Sie dem helfen, sind Sie hinterher noch selber dran."
Sie rümpfte die Nase und wandte sich zum Gehen.
Eine ältere Frau war nähergekommen und sah ebenfalls auf den am Boden Liegenden hinab.
„Man muss ihn zum Arzt bringen", sagte sie.
„Ich bin Ärztin", sagte Hannah.

Sie hatte sich jetzt wieder halbwegs gefangen und hatte bereits einen Plan, was jetzt zu tun war.

„Ich muss ihn in meine Praxis bringen, sie ist gleich hier um die Ecke, helfen Sie mir?"

„Alleine schaffen wir beide es nicht", sagte die ältere Frau.

Sie stieß den Mann neben sich an, der sich abgewandt hatte, als ginge ihn das Ganze nichts an.

„Franz, du musst ihn tragen."

Deutlich spürte Hannah, dass Franz, ihr Mann, ein glatzköpfiger Herr mit kräftiger Statur, eigentlich nicht helfen wollte, sich dann aber besann: „Warten wir wenigstens noch einen Augenblick bis die SS mit Sicherheit abgerückt ist", sagte er. –

Zu dritt brachten sie Jakob Weiss in Hannahs Praxis, sein Gesicht war schmerzverzerrt und weiß wie eine getünchte Wand.

Dort reinigte und desinfizierte Hannah seine Wunden.

8.

„Wie kam es, dass du am Ende dann doch wieder zum Judentum konvertiert bist?" fragte Daniel Weiss seinen Urururgroßvater.

Dieser hatte sich auch diesmal nicht lange bitten lassen, sondern war wieder – dank der Vorstellungskraft und Phantasie seines Nachfahren – aus seinem Grab in Gestalt eines alten, bärtigen Mannes auferstanden, nachdem sein neugieriger Urururenkel wieder auf dem Grashügel oberhalb des kleinen, jüdischen Waldfriedhofes Platz genommen hatte.

„Das hat mit Theodor Herzl zu tun", antwortete er.

„Wie du siehst, bin ich ja recht alt geworden. So alt, dass ich noch den Ersten Zionistenkongress 1897 in Basel miterlebte, auf dem Herzl die zionistische Weltorganisation ins Leben rief. Auch er hatte eine lange Entwicklung hinter sich. Er erlebte als Berichterstatter einer Wiener Zeitung in Paris die Dreyfus- Affäre mit. Weißt du, mein Sohn, worum es damals ging?"

Daran, dass ihn sein Urururgroßvater des Öfteren mit „mein Sohn" anredete, hatte sich Daniel Weiß bereist gewöhnt, nicht aber daran, dass er ihn fast ebenso oft für einen Ignoranten hielt.

„Nimm endlich zur Kenntnis, dass ich Geschichte studiert habe und mich dabei besonders mit der Geschichte des jüdischen Volkes beschäftigt habe", antwortet er leicht gereizt.

„Natürlich weiß ich, was die Dreyfuss-Affäre ist: Es war die schwerste innenpolitische Krise der Dritten Französischen Republik. Sie offenbarte die latente antisemitische Einstellung in Teilen der Bevölkerung und des Militärs, Alfred Dreyfuss, ein französischer Offizier jüdischen Glaubens, wurde zu Unrecht degradiert und zu lebenslänglicher Verbannung verurteilt. Das juristische Verfahren gegen ihn wegen angeblichen Verrats militärischer Geheimnisse an Deutschland war unhaltbar, der Kampf um seine Rehabilitierung wurde zum innenpolitischen Machtkampf der bürgerlichen Mitte und der Linken gegen die Rechtsparteien, erst 1906, nachdem man den wahren Schuldigen gefunden hatte, wurde Alfred Dreyfuss rehabilitiert."

„Gut, gut", winkte der Alte ab.

„Deine Überempfindlichkeit musst du geerbt haben, die ist in unserer Familie eine große Gabe und eine große Schwäche zugleich, unsere Sensibilität macht uns empfänglich für alles Schöne und gleichzeitig verletzbar durch alles Hässliche.

Jedenfalls merkte ich damals, dass dieser Theodor Herzl, den ich dann auch noch persönlich kennenlernte, dieselbe Entwicklung genommen hatte wie ich: Ihn beschäftigte die „Judenfrage", 1896 schrieb er die Schrift „Der Judenstaat" unter dem Eindruck der Dreyfuss-Affäre. Früher hatte er die Lösung der Judenfrage im völligen Aufgehen der Juden in den anderen Völkern gesehen, dann aber reifte in ihm mehr und mehr die Erkenntnis, dass die Judenfrage eine nationale Frage ist und nur als solche zu lösen. Sein Weg vom Konvertiten zum Zionisten ist bezeichnend für unsere ganze Generation, auch für mich:

Wir haben die Entwicklung von enttäuschten Liberalen durchgemacht, wir haben geglaubt, wir könnten der Humanität, den Werten der französischen Revolution, Freiheit, Gleichheit, Brüderlichkeit europäische Geltung verschaffen, in die auch wir Juden einbezogen sind.

Aber wir haben uns getäuscht, das hat unter anderem die Dreyfuss-Affäre ganz deutlich gemacht. Die Irrationalität des Antisemitismus hat uns von der Idee einer europäischen Humanität, in der unsere jüdische Existenz aufgehen könnte, zum Nationalismus gebracht.

Dieses neue, kämpferische Judentum, dieser Zionismus, hat mir imponiert. Endlich wurde für mich die Kette von Erniedrigungen und Diskriminierungen durchbrochen: Diese hatte für mich begonnen in den Erfahrungen meiner Jugendzeit während der Hep-Hep-Unruhen, sie setzte sich fort im jahrzehntelangen Verzögern der Gleichberechtigung der Juden. Sie brächte angeblich die Gefahr gesellschaftlicher Auseinandersetzungen mit sich – so fürchtete man – und erst 1871 mit der Gründung des Deutschen Reiches wurde sie dann doch allgemeines Gesetz."

„Ich verstehe das nicht ganz", unterbrach Daniel Weiss seinen Urahn.

„Du bist doch wohl wegen deiner Frau zum Christentum übergetreten, aber du redest von den Juden als habest du immer zu ihnen gehört."

Der Alte sah von seinem Grab zu ihm hinauf.

„So ist es", bestätigte er. „Genauso ist es, wie du sagst. Das ist ja gerade die Krux in meinem Leben, dass ich nie mit ganzem Herzen Christ, aber auch nie mit ganzem Herzen Jude war, ich hing immer dazwischen. Bis ich mich am Ende dann doch wieder für die Synagoge entschieden habe."

„Und wie war es mit meinem Großonkel Jakob Weiss", fragte Daniel Weiss weiter. „Er ist mir neulich in einem Treppenhaus einmal sehr nahe gekommen, er muss dort Furchtbares erlebt haben, ich habe an diesem Ort noch seine Angst gespürt."

„Bei ihm war es genau umgekehrt", antwortete der Alte.

„Er ist sein Leben lang Jude gewesen und erst ganz zuletzt Christ geworden und auch geblieben, aber seine Geschichte muss er dir selber erzählen, die spielt in einer anderen Zeit. Aber lass dir weiter aus meinem Jahrhundert erzählen:

Immer wurden die Juden zu Sündenböcken gemacht, Haupturheber der Krawalle gegen sie waren die kleinbürgerlichen Schichten, die durch die Judenemanzipation einem neuen Konkurrenzdruck ausgesetzt waren. Außerdem waren sie ja auch bei jüdischen Kreditgebern verschuldet, dies aber nur deshalb, weil es Juden nicht gestattet war, Land zu erwerben oder Handwerksinnungen beizutreten. Deshalb mussten sie sich auf Pfand- und Geldleihe spezialisieren.

Ich selber arbeitete in diesen Jahren der Restauration und der Rücknahme der Emanzipation der Juden unbehelligt als Rechtsanwalt, mein schlechtes Gewissen meinen Stammverwandten gegenüber beruhigte ich damit, dass ich der Synagoge in der Stadt, in der ich lebte, regelmäßig größere Spenden zukommen ließ. Erst mit der

Revolution 1848 verbesserte sich die Lage der Juden wieder. Bis dahin mussten sie viele Diskriminierungen und immer wieder Pogrome erleiden. Besonders schikanös fand ich dabei die Namensgebung durch Beamte, die sich einen sadistischen Spaß daraus machten, Juden, die zur Annahme eines deutschen Namens gezwungen wurden, mit erfunden Spottnamen zu bedenken wie: Bettelarm oder Maulwurf.

So wollte man sie erniedrigen und beleidigen. Den Reicheren gelang es, schön klingende Namen wie Rosenthal oder Wiesenthal zu bekommen.

Einem hatten sie den Namen Trinker gegeben, er bat mich, ihn bei dem Versuch, seinen Namen zu ändern, zu unterstützen. Das tat ich auch, er tat mir leid, er beteuerte, er sei kein Trinker, es sei im Gegenteil so, dass der Beamte, der ihm diesen Namen verpasst habe, eine Säufernase und eine Alkoholfahne gehabt habe und sich nur über ihn geärgert und an ihm gerächt habe, weil er seinen Stuhl etwas von dessen Schreibtisch abgerückt habe, weil ihn die Ausdünstungen seines Gegenübers doch zu sehr angewidert hätten. An dem Verhalten dieses kleinen Staatsdieners und vieler seiner Kollegen wurde mir wieder einmal deutlich, dass der Judenhass bei vielen auch ein

Gotteshass und eine allgemeine Menschenverachtung ist, die sie selber miteinschließt. Gerade die, die sonst in der Gesellschaft nicht viel zu sagen hatten, die nach oben buckeln mussten, die haben nach unten getreten, die haben ihre Aggressionen und ihre Machtgelüste an den Juden ausgelassen, die sich nicht wehren konnten.

Meinem Einspruch gegen die Namensgebung wurde stattgegeben, stattdessen konnte er seinen Wunschnamen Davidsohn annehmen, diesen König David hatte er immer schon sehr bewundert, besonders wegen seines Psalms, in dem er beschrieb, wie Gott ihn wie ein Hirte führte."

Nach dessen langen Referat schien es Daniel Weiss wieder einmal an der Zeit, seinem Urahn zu beweisen, dass auch er sich in jüdischer Geschichte auskannte.

„Ich weiß", sagte er. „Als Bedingung für den Erhalt der Bürgerrechte hat man die Juden seit dem 18. Jahrhundert in Mitteleuropa gezwungen, unveränderte Familiennamen anzunehmen, die sie sich nicht immer frei wählen konnten Aus ihnen durfte man nicht mehr ihr jüdisches Herkommen herauslesen können, sondern sie mussten Deutsch klingen, so wollte man ihre Integration fördern."

Der Alte nickte und strich sich nach seiner Gewohnheit durch den Bart.

„Nun, jedenfalls auf dem ersten Kongress in Basel rief Herzl dann 1897 die Zionistische Weltorganisation ins Leben, das „Basler Programm" wurde angenommen, es wurde beschlossen, dass der Zionismus die Schaffung einer öffentlich-rechtlichen gesicherten Heimstätte für das jüdische Volk in Palästina erstrebe."

„Ich weiß", schaltete sich Daniel Weiss nun wieder ein. Das „Gespräch" mit seinem Urahn drohte sonst zu einseitig zu werden. „1901 schuf Herzl dann den jüdischen Nationalfonds zur Erwerbung von Boden als Nationalbesitz des jüdischen Volkes, aber da lebtest du schon nicht mehr, das kann ich aus den Jahreszahlen auf deinem Grabstein ersehen, die übrigens auch nicht der christlichen, sondern der jüdischen Zeitrechnung folgen."

„Du bist gut informiert", bestätigte der Alte. „Aber das war zuletzt auch meine Überzeugung, dass Gott seine Verheißungen wahr machen würde wie der Prophet Nathan sie einst dem König David gegeben hat: Ich will meinem Volk Israel eine Stätte geben und will es pflanzen, dass es dort wohnen soll, und es soll sich nicht mehr ängstigen, und die Gewalttätigen sollen es nicht mehr bedrängen wie vormals. ... Und ich will alle deine Feinde demütigen und verkündige dir, dass der Herr dir ein Haus bauen will."

Einen Augenblick schwieg er und blickte zu Boden auf seinen Grabstein hinunter.

„Übrigens haben meine Kinder, auch dein Ururgroßvater, meine Rückkehr zum Judentum nie verstanden, ja abgelehnt", ergänzte er dann.

9.

Es war auf einer ihrer Therapiesitzungen, dass ihn seine Gefühle, die bei ihm für Dr. Rahel Simon, der jungen Ärztin, entstanden waren, derart übermannten, dass er ihnen auch mit Worten Ausdruck geben musste.

„Sie werden verzeihen, wenn ich mir das jetzt einmal herausnehme", sagte Daniel Weiss, nachdem in ihrem Gespräch eine Pause eingetreten war; sie war sich – wie es ihre Angewohnheit war – durch ihre Haare gefahren, sie trug sie seitlich über ihrer rechten Schulter, und sah ihn auf ihre einfühlsame und zugleich aufmerksam-ärztliche Weise an.

„Es kann auch sein, dass ich mich damit vollkommen lächerlich mache – einer Ihrer älteren Patienten verliebt sich in Sie, wie oft wird Ihnen das schon so ergangen sein, aber ich muss Ihnen das jetzt einfach gestehen, ganz gleich, wie Sie darauf reagieren: Ich komme nicht nur wegen der Therapie zu Ihnen, ich liebe Sie ", seine Stimme war heiser und es klang fast trotzig, wie er es sagte, fand er selbst.

Aber es hatte aus ihm herausgemusst, er war eine ehrliche Haut, die Tatsache zu verschweigen, dass er zu ihr eine tiefe, zärtliche Liebe empfand, dass sie ihn tief in seinem Inneren berührte mit dem, was sie sagte und wie sie es sagte, mit ihrer intensiven, reifen, charismatischen Ausstrahlung, die er sich nicht erklären konnte, die im Widerspruch zu ihrer Jugend zu sein schien.

Rahel Simon sah ihn erschrocken an, senkte den Blick, um Daniel Weiss dann wieder voll anzusehen, und in ihrer sachlichen und doch einfühlsamen Art, sagte sie dann und lächelte ihn dabei an: „Ich mag Sie auch gern". Dann senkte sie wieder ihren Blick.

Die Schlichtheit ihrer beider Feststellungen wirkte für ihn wie ein komischer Gegensatz zu den wissenschaftlichen Analysen, mit denen sie die Ursachen für seine Angina Pectoris Anfälle auf den Grund zu kommen versuchten. Aber diese Schlichtheit, so fand er, war einfach nur der passende Ausdruck für die Ehrlichkeit ihrer Gefühle.

Im nächsten Augenblick allerdings war ihm die ganze Situation auch wieder unendlich peinlich: Wie er sie so vor sich sitzen sah in ihrer jugendliche Anmut, mit ihrem Charme, ihrem hübschen Gesicht und ihrer grazilen Figur sah er sich selbst mit ihren Augen, ein älterer Herr mit Halbglatze, der sich nun in die Reihe ihrer vielen Verehrer eingereiht hatte und dem sie nun mitleidig und ohne ihn zu verletzen wieder heraushelfen aus dieser peinlichen Situation, und er ärgerte sich über sich selber, bedauerte es nun, dass er ihr seine Zuneigung gestanden hatte, dazu hatte er kein Recht gehabt, sie in eine solche Lage zu bringen, er hätte besser weiter geschwiegen.

Sie schien seine Gefühle zu erraten, denn sie war aufgestanden und kam um ihren Schreibtisch herum auf ihn zu.

„Wäre es nach einem solchen gegenseitigen Geständnis nicht angebracht, wir duzen uns und nehmen uns einmal in den Arm", sagte sie und lehnte sich dabei an ihn.

Tatsächlich, sie hat Mitleid mit mir, dachte er, sie will mir eine Brücke bauen, um mir herauszuhelfen. Schnell drückte er sie einmal leicht an sich, dann eilte er zur Tür und sagte im Hinausgehen, ohne sich noch einmal umzuwenden: „Es tut mir leid. Verzeihen Sie, dass ich Sie belästigt habe, sehen Sie es meinem Alter nach".

X

Den nächsten Termin sagte er ab, er sprach dabei nur mit der Sprechstundenhilfe, es sei ihm leider nicht möglich zu kommen, er werde wegen eines neuen Termins demnächst wieder anrufen.

Er machte sich Selbstvorwürfe: Was war bloß in ihn gefahren, dass er auch nur annehmen konnte, diese junge Ärztin, die gewiss dreißig Jahre jünger war als er, sei an einer Beziehung zu ihm interessiert, die über die des Arztes zu seinem Patienten hinausging?

Und wenn sie es war, dann war es seine Pflicht, dies zu verhindern, sie hatte gewiss einen jüngeren Mann in ihrem Alter, mit dem sie zusammenlebte, so anziehend und hübsch sie war, auf keinen Fall durfte er sie an sich binden, es würde auch für sie eine unglückliche Liebe werden, da war es besser, es blieb seine unglückliche, unerfüllte Liebe.

Und dennoch spürte er zu dieser jungen Frau eine Nähe, eine Verbindung wie er sie noch nie zu einem Menschen empfunden hatte.

Er las Kierkegaard, der ihm immer schon mit seinen weit- und tiefgehenden Reflektionen hilfreich gewesen war, las, wie dieser sich bemühte, die Beziehung zwischen sich und seiner Verlobten Regine, die er aufgelöst hatte, dadurch zu verarbeiten, dass er sie in seiner Arbeit „Die Wiederholung" in einem Versuch der experimentellen Psychologie darstellte: Der junge Mann in diesem Werk, der niemand anderer als er selber war, versuchte die Beziehung, der er keine Zukunft gab und die er für unglücklich hielt, dadurch zu beenden, dass er sich der Geliebten entzog und sich als moralisch ihrer nicht würdig darstellte, sodass sie ihrerseits gezwungen war, ihre Beziehung aufzulösen

So wurde dieses junge Mädchen nicht seine Geliebte, sondern sie weckte das Poetische in ihm und machte ihn zum Dichter.

In seiner Arbeit „Furcht und Zittern" nimmt Kierkegaards Verhältnis zu Regine schließlich nach der moralischen und poetischen auch noch eine religiöse Dimension an: Das Isaak-Opfer Abrahams wird Vorbild für seine Preisgabe Regines durch die Auflösung der Verlobung: Kierkegaard muss sein und ihr Lebensglück seinem religiösen Auftrag opfern, das Ethische wird ins Religiöse „aufgehoben", wie Kierkegaard in Aufnahme eines Ausdrucks der damals vorherrschenden dialektischen Philosophie Hegels formuliert.

Um das Ganze zu verarbeiten, schriftstellerte Daniel Weiss nun ebenso wie sein großes Vorbild Sören Kierkegaard, und so schrieb er eine Erzählung über die Liebe eines älteren Mannes zu einer jüngeren Frau, in der er seinen eigenen Gefühlen Ausdruck geben konnte, dies bedeutete zumindest ein wenig Erleichterung für ihn.

Wie der von Kierkegaard beschriebene Mann erlebte auch Daniel Weiss das Verhältnis zu seiner Geliebten in zunehmendem Maß als qualvoll, seine Schwermut gewann immer mehr Oberhand, seine körperlichen Kräfte verzehrten sich in seelischen Kämpfen. Der Konflikt zwischen seiner Liebe und seinen geheimen Wünschen und der Realität war so groß, er sah ein, dass er nicht nur in der Realität, sondern ganz, also auch in seiner Phantasie, in seinen Sehnsüchten und für immer auf sie verzichten musste, um sie nicht unglücklich zu machen.

So beschloss er, nachdem er das reale in ein poetisches Verhältnis verwandelt hatte, aus diesem wiederum ein ethisch-religiöses zu machen: Wie Abraham auf seinen Sohn verzichten sollte, so wollte auch er auf diese junge Ärztin verzichten.

Auch mein Opfer, mein Verzicht auf meine Liebe zu Rahel – so dachte Daniel Weiss – ist ja eine ethische Handlung, denn damit bewahre ich sie vor der Bindung an einen alten Mann, die sie nur unglücklich gemacht hätte. Auf die Idee, sie selber zu fragen, ob sie sich ein Glück mit ihm trotz des großen Altersunterschiedes zwischen ihnen vorstellen könnte, kam er dabei nicht, dies war eine der negativen Seiten seines ausgeprägten Innenlebens, in dem er die reale Welt mit seiner eigenen, vorgestellten oft gleichsetzte.

Er hatte einmal mitbekommen, wie sie einen ihrer Kollegen in dem Ärztehaus umarmt hatte, nun malte er sich aus, dass sie mit diesem ein Verhältnis habe und kurz vor der Heirat stehe.

Als er sich nach Wochen schließlich zu einem Anruf in der Praxis durchrang, traf ihn die Nachricht wie ein Schock: „Wir müssen Sie leider an eine andere Ärztin verweisen."

Auf seine Frage nach dem Grund hierfür gab die Sprechstundenhilfe bereitwillig Auskunft, seine behandelnde Ärztin leide an einer schweren Krankheit, man gehe damit auch ganz offen um, ja, die Erkrankte habe selber darum gebeten, ihren Patienten darüber offen Auskunft zu geben, sie sei an Krebs erkrankt, man wisse nicht, wann sie ihre Arbeit wieder aufnehmen könne.

Zwischenzeitlich habe sie geheiratet, die Diagnose über ihre Krebserkrankung habe sie kurz vor ihrer Trauung bekommen, dies sei ein schwerer Schock für sie gewesen, aber man sei hoffnungsvoll, dass sie den Krebs mit guter medizinischer Behandlung und einem geänderten Lebensstil überwinden werde, sie habe sich überarbeitet, sich für ihre Patienten fast selbst aufgegeben, jetzt müsse sie sich einfach mehr Zeit für sich selber nehmen.

10.

Das Rätsel um die Blumen auf dem sonst mit den üblichen Steinen belegten Grab seines Großonkels löste sich für Daniel Weiss an einem seiner zahlreichen Besuchstage auf dem entlegenen jüdischen Waldfriedhof.

Als er seinen Platz auf dem Grashügel über den Gräberreihen einnehmen wollte, gewahrte er von dieser Anhöhe einen Mann, der vor dem Grab seines Großonkels kniete und einen Blumenstrauß in der Hand hielt.

Er ging zu ihm und sprach ihn an.

Es kam zu einem längeren Gespräch, in dem sich Folgendes herausstellte:

Der Friedhofsbesucher war der Enkel eines Kollegen seines Großonkels aus der Malervereinigung, der dieser einmal angehört hatte und aus der er als Jude „entfernt" worden war.

Sein Großvater habe ihm immer wieder von einem jüdischen Künstlerkollegen und dessen traurigem Schicksal in der Nazizeit erzählt, berichtete der Friedhofsbesucher ihm, und jedes Mal habe er, der Enkel, dabei auch das schlechte Gewissen seines Großvaters gespürt, dass er ihm damals nicht mehr geholfen hatte.

Er habe sich auch mit dem künstlerischen Werk von Jakob Weiss beschäftigt, mit den

Wandlungen der Stilrichtungen und Sujets in dem Schaffen dieses jüdisch-deutschen Malers, und er habe dann auch dafür gesorgt, dass ein „Stolperstein" in Erinnerung an die Schmach, die man ihm angetan hatte, vor seinem ehemaligen Haus angebracht wurde: „Hier wohnte Jakob Weiss Jg.1878 Schutzkellerverbot Tot bei Luftangriff 14.7.1944".

X

„Sie haben es auf mich abgesehen, lange werden sie nicht mehr warten, besonders dieser Gestapo-Mann Keller, er hasst mich wie die Pest, er wird mich verhaften und in eines dieser Konzentrationslage abtransportieren lassen. Das wird dann auch meine Frau nicht überleben, sie ist jetzt schon mit ihren Nerven am Ende."
„Liebt sie dich eigentlich?", fragte Hannah.
Er nickte.
„Ich glaube, sie liebt mich sehr", antwortete er. „Wir hatten wundervolle Zeiten, bis die Nazis an die Macht kamen. Aber sie hat trotz aller massiven Bedrohungen immer zu mir gehalten, sie hat es bisher immer abgelehnt, sich von mir scheiden zu lassen, wie man es von ihr verlangt hat."

„Und du – liebst du sie?", fragte Hannah weiter.

Er schwieg und überlegte.

„Ich habe zumindest gedacht, ich liebte sie. Aber dann kamst du und jetzt weiß ich, dass es mit ihr noch nicht die Liebe war, nach der ich mich eigentlich sehnte. Aber ich achte meine Frau sehr, und ich werde sie nie verlassen, das könnte ich ihr nie antun, denn das würde ihr das Herz brechen."

Auch sie schwieg einige Zeit, dann sagte sie:

„Ich kenne einen Pastor der Bekennenden Kirche".

„Er ist Patient bei mir. Er wird dir helfen."

Jakob Weiss schüttelte den Kopf.

„Wieso sollte er", sagte er. „Die haben selber Schwierigkeiten genug mit den Nazis, einige sind schon verhaftet worden, habe ich gehört."

„Ich werde mit ihm sprechen, dass er dich versteckt", sagte sie. „Wenn sie als bekennende Christen verfolgt werden und ihr als Juden, warum solltet ihr einander da nicht helfen?"

„Da hast du allerdings recht", antwortete Daniel Weiss. „Der Zaun zwischen uns Juden und den Heiden ist eigentlich niedergerissen, heißt es in ihrem Neuen Testament, Gott hat aus beiden eines gemacht in Christus. Nur ist für mich Jesus einer unserer Propheten und nicht der Messias, auf den warten wir noch, und für deinen Pastor ist er Gottes Sohn, das ist der Unterscheid."

Sie lächelte.

„Darüber wird er mit dir sprechen, und vielleicht überzeugt er dich ja. Was ist mit deiner Frau, wird sie mit dir kommen oder wird sie in ihrer Wohnung bleiben wollen."

Sie überlegte einen Augenblick, dann stellte sie fest:

„Ich glaube, es ist besser, sie bleibt dort wohnen, sonst fällt eure Abwesenheit zu sehr auf, sie kann dich ja heimlich ab und zu besuchen kommen."

X

Der Pfarrer der Bekennenden Kirche, Graeber, hatte eine ländlich geprägte Vorstadtgemeinde; er kannte einen Bauern, im nicht bewohnten Altenteil seines Hauses fand Jakob Weiss Unterschlupf und ein Versteck vor den Nazis.

Der Pfarrer kam regelmäßig und machte Hausbesuche, die allerdings nicht in erster Linie der Bauernfamilie, sondern Jakob Weiss galten:

Es entwickelte sich zwischen ihnen ein Vertrauensverhältnis, auf dessen Grundlage sie auch über ihren jüdischen und christlichen Glauben sprachen, über Unterschiede und Gemeinsamkeiten.

Sie stimmten darin überein, dass sich ein Glaube an Gott ohne Liebe zum Nächsten – gleich welcher Art er sei – keiner Glaubwürdigkeit erfreuen könnte; der Pfarrer vermochte es, Jakob Weiss den Gekreuzigten so nahe zu bringen, dass er sich mit dessen Reden und Tun – besonders mit seinem Gebot der Nächstenliebe – identifizieren konnte.

Zumal dieser Pastor der Bekennenden Kirche Jesu Gebot konsequent und mit dem Risiko, sein Leben dabei zu verlieren, auslebte, in diesem Sinn – so konnte Daniel Weiss einmal feststellen – seien sie beide Christen.

Bei den Besuchen kam es zu Analysen der bedrängten Lage von Juden und Christen jetzt in der Gegenwart unter den Nationalsozialisten aber auch in der Vergangenheit.

Der Pfarrer sagte, er schäme sich für das, was Juden im Namen der Kirche angetan worden sei, entsetzt habe er zum Beispiel einmal vor Reliefdarstellungen der sogenannten „Judensau" an einem Kirchengebäude gestanden, die Gleichsetzung mit dem für sie unreinen Tier sollte die Juden demütigen und erniedrigen, sie selber für unrein erklären; immer wieder habe man ihnen von

114

christlicher Seite den Kreuzestod des Heilandes vorgeworfen und sie deshalb an den Pranger gestellt, ihnen sei immer der Ehrverlust und die gesellschaftliche Ächtung nahe gewesen, dieser soziale und seelische Tod sei wohl mindestens so schrecklich und bedrohlich wie der körperliche gewesen.

Dass die Verfolgungen und Pogrome immer dann grausamste Ausmaße angenommen hätten, wenn die Kirche wie zur Zeit der Kreuzzüge besonders machtvoll auftreten und Menschen mit Gewalt bekehren wollte, sei für ihn eine Warnung gewesen, sagte Pfarrer Gräber. Er habe deshalb sehr schnell erkannt, dass für ihn bei den „deutschen Christen", die sich vom Nationalsozialismus und dem Führerprinzip auch eine machtvolle Erneuerung in der Kirche versprachen, kein Zuhause sie.

Wenn auch die Bekennende Kirche, zu der er gehöre, die Barmer Theologische Erklärung verfasst habe, so habe sie es dennoch bisher versäumt, entschieden gegen die Behandlung der Juden zu protestieren.–

Da Pfarrer Gräber bei seinen Besorgungen in der Stadt regelmäßig auch Jakobs Frau besuchte, konnte er ihm auf dessen Nachfrage hin nicht verschweigen, dass es ihr gesundheitlich immer schlechter ging, die Trennung von ihrem Mann war für sie noch unerträglicher als die Belastung durch seine Anwesenheit, die mit steten Nachstellungen durch die Nazis verbunden war.

Auf deren Nachfragen hin, wo ihr Mann verblieben sei, hatte sie geantwortet, sie wisse es nicht, er habe sich heimlich bei Nacht und Nebel davon gemacht.

Sie hatten vereinbart, dass ihr erster Besuch erst einige Zeit nach seinem Verschwinden erfolgen sollte, damit von Seiten misstrauischer, ihr nicht gut gesonnener Nachbarn kein Verdacht aufkomme. Aber bereits nach drei Wochen hielt sie es nicht mehr aus, sie musste zu ihrem Mann, deshalb suchte sie den Pfarrer auf und bat ihn, sie zu ihm zu führen.

Als Pfarrer Gräber sich von dem Stuhl hinter seinem Schreibtisch erhob, trat er ans Fenster und blickte vorsichtig durch die Gardine auf die Straße hinunter.

Und tatsächlich, es war so, wie er vermutet hatte. An der Straßenecke gewahrte er eine Frau, die zu seinem Haus hinübersah, er winkte Edith Weiss, neben ihn ans Fenster zu treten und deutete auf die Straße hinunter.

Edith Weiss erschrak: Es war ihre Mitbewohnerin zwei Etagen über ihr, eine klatschsüchtige, neugierige Nachbarin, die ihr gefolgt war und nun den Eingang des Pfarrhauses im Auge behielt, um ihr weiter zu folgen und so das Versteck ihres Mannes an die Gestapo verraten zu können. – Es blieb Pfarrer Gräber nichts anderes übrig, als Jakob Weiss den Rat zu geben, zu seiner Frau zurückzukehren, er konnte es weder riskieren, dass der Bauer und seine Familie als Kollaborateure und Volksverräter verhaftet wurden, noch dass Jakobs Frau durch die Trennung von ihrem Mann so sehr litt, dass sie erkrankte:

Das Damoklesschwert seiner beständig drohenden Verhaftung musste dieser dafür in Kauf nehmen.

X

Die Luftangriffe auf die Stadt nahmen zu, die Intervalle, in denen sie geschahen, wurden immer kürzer; wenn es Fliegeralarm gab, die Sirenen heulten und die Bewohner die Luftschutzkeller aufsuchten, hörte man das Schreien und das Rasseln der Häftlinge in ihren Gefangenenlagern.

Jakob Weiss hatte Luftschutzkeller verbot, weil er Jude war, und weil er nur den Keller in ihrem Wohnhaus aufsuchen durfte, verzichtete seine Frau auf ihr Recht als Arierin und blieb bei ihm

11.

Die messianische Gemeinde, deren Mitglied Daniel Weiss geworden war, veranstaltete jährlich eine Reise nach Israel: Dies sei das Mindeste, das man als Ausdruck der Solidarität mit den dort lebenden messianischen Juden zeigen könne, die vom Staat Israel nicht gern gesehen wurden, weil sie – wie dieser meinte – die Geschlossenheit Israels als Nation in Frage stellten.

Am Abend ihrer Ankunft in Haifa erfuhren sie, dass vor zwei Stunden einer der Hotelgäste im Meer ertrunken sei.

Dies schien Daniel Weiss ebenso bezeichnend für den augenblicklichen Zustand des Volkes Israel in dieser Welt wie die Atmosphäre im Eingangsbereich des Hotels: Es war die unwohnliche eines Wartesaales in einem Bahnhof, die Menschen in ihm wirkten seltsam hilflos und ohne Bezug zueinander. Und Daniel Weiss erkannte:

Für die erneute Landnahme mussten immer noch Opfer gebracht werden und die äußere Heimat musste erst wieder zur inneren Heimat werden.

Die jungen Soldatinnen und Soldaten mit ihren Gewehren an den Bushaltestellen überall im Land waren ihm ebenso ein Symbol für den Zustand des Landes wie der Polizeihubschrauber, der über Jerusalem kreiste, als er auf dem Hochplateau des Tempelberges stand.

Beim Betreten des Felsendomes – nach der Al Aqsa Moschee die zweite muslimische Gebetsstätte auf dem Tempelberg – war es vorgeschrieben, dort bereit liegende Schuhe anzuziehen; da es genau an einem Paar für ihre Reisegruppe fehlte, erklärte er sich bereit, zunächst draußen zu warten, dies schon mit dem Hintergedanken, die Atmosphäre des Tempelberges über der Altstadt Jerusalem in der Stille auf sich wirken zu lassen.

Es wurden dann besondere Auenblicke für ihn, eben hatte er zu seiner großen Freude spielende jüdische Kinder auf den Straßen der Altstadt in Jerusalem gesehen, da sie einen Tag zuvor in Jad Waschem die Namen der im Holocaust getöteten Kinder hatten vorlesen gehört.

Großer Friede und die Genugtuung erfüllten ihn, dass trotz des Wannseebeschlusses der Nazis 1942 zur Vernichtung aller Juden und trotz jahrhundertelanger Zerstreuung und Verfolgung das jüdische Volk seine Identität bewahrt und jetzt auch sein Land zurückgewonnen hatte.

Aber sein innerer Friede wurde sehr unsanft durch Sirengeheul und Hubschrauberlärm gestört; in der Innenstadt musste es irgendwo ein

Attentat gegeben haben, der Friede war doch nur erst in ihm gewesen, er war in dieser Welt noch immer gefährdet.

Und auch die Idylle am See Genezareth mit seiner Blumenpracht, den Berghöhen, die ihn einfassten, der blauen Himmel über ihm und die ruhige, spiegelglatte Fläche täuschten:

Als sie mit dem Boot auf den See hinausfuhren, brachten plötzlich Fallwinde von den Golanhöhen ihr Boot arg ins Schwanken, Wasser spritzte hinein, sodass sie nass wurden, es war fast wie bei dem Bericht der Überfahrt Jesu mit seinen Jüngern und der Sturmstillung.

Daniel Weiss waren all dies Hinweise für das ambivalente „Schon jetzt und noch nicht":

„Schon jetzt" war das Volk, zu dem er gehörte, wieder im Besitz des Landes, aber „noch" waren die Feinde „nicht" besiegt, noch lebten sie in Angst vor den Mächten und Menschen dieser Welt.

Er kaufte eine Ansichtskarte, die den See von seiner leiblichsten Seite zeigte, und schrieb einige Zeilen darauf, als Adresse gab er die Praxis an — dieser Reisegruß schien ihm eine gute Gelegenheit den Kontakt mit Rahel Simon wieder aufzunehmen.

X

Zu Hause lag dann bereits ihr Brief unter den anderen, die in der Zwischenzeit für ihn angekommen waren und die die Nachbarin für ihn aus dem Briefkasten geholt und in seine Wohnung gelegt hatte.

Lange hielt er ihn zunächst nur ungeöffnet in der Hand – er war schwer, sie musste ihm mehrere Seiten geschrieben haben, vielleicht hatte sie nur auf diesen Anlass gewartet, um sich ihm mitzuteilen. Als er ihn schließlich öffnete und las, erschütterte er ihn von Zeile zu Zeile mehr und mehr:

„Lieber Daniel – so nenne ich dich immer, wenn ich an dich denke, wir haben uns zwar damals noch gesiezt, aber innerlich sind wir uns in den Therapiestunden immer nähergekommen – wir haben uns nur beide nicht getraut, uns dies einzugestehen, wollten es vielleicht auch zuerst gar nicht wahrhaben. Warum eigentlich?

Was hat uns eigentlich daran gehindert, uns offen zu unserer Liebe zu bekennen, warum bist du damals einfach weggelaufen – vor mir und vor unserer Liebe?

Ich kann mir vorstellen, dass es für dich genauso schwer war wie für mich, unserer Liebe zu begreifen, deine Gefühle anzunehmen und nicht zu verdrängen, aber ist es nicht gerade das Wesen der Liebe, dass man sie nicht begreift? Und gehört zu ihr nicht auch, dass sie so stark sein kann, dass sie selbst einen Altersunterschied von dreißig Jahren überbrückt?

Als ich spürte, wie sehr es mir nahe ging, in dein Gesicht zu sehen, wie sehr ich an deinen sensiblen Gesichtszügen deine Gefühle wahrnahm und dann im nächsten Augenblick auch all die Spuren, die das Leben in deinem Gesicht hinterlassen hatte, da war es für mich auch zuerst unverständlich, dass der Mann, nach dem ich mich immer gesehnt und den ich jetzt gefunden hatte, nicht mehr jung und in meinem Alter war, sondern mein Vater hätte sein können.

Aber der Altersunterschied spielte dann doch keine Rolle für meine Gefühle dir gegenüber, und ich hoffte so sehr, dass auch du damit keine Probleme hättest.

Warum haben wir damals nicht gleich offen über unsere Gefühle gesprochen, ich merkte, wie es dir leidtat, dass du mir deine Zuneigung gestanden hattest, du konntest mich gar nicht mehr ansehen, so sehr schämtest du dich plötzlich wohl wegen deines Alters. Ich hätte es mir gerne damals schon anders gewünscht, aber ich wusste, ich musste deinen Rückzug zunächst einmal so hinnehmen, bis du eine andere Einstellung zu deinen Gefühlen und zu unserer Beziehung gefunden hättest, du musst ja alles so lange und gründlich und tief verarbeiten, das habe ich ja in unseren Therapiesitzungen immer wieder gemerkt.

Ich wollte warten, ich wollte dir Zeit lassen, bis du dich wieder melden würdest, bis du unsere Leidenschaft füreinander angenommen hättest, aber dann merkte ich, wie sehr ich unter unserer Trennung litt, und zudem bedrängte mich mein Freund und Kollege, mit dem ich schon jahrelang eine Beziehung hatte, dass wir doch endlich heiraten sollten — dass er auch seine anderen Gründe dafür hatte, ahnte ich zwar, aber ich sagte schließlich Ja, ich wollte ihm ja auch helfen, dass seine Aufenthaltsgenehmigung für Deutschland verlängert würde.

Und dann kurz vor der Trauung die Diagnose: Krebs. Da ich selber Ärztin bin, wusste ich, was das bedeutete: Ein langer Weg mit verschiedenen Therapien gegen verschiedene Arten von Tumoren, ein Weg, der aber in meinem Alter mit großen Chancen auf Heilung verbunden ist.

So wie du mit mir die Ursachen für deine Angina Pectoris Anfälle herausbekommen wolltest, so habe ich natürlich auch mit meinen Kollegen darüber gesprochen, was bei mir der Auslöser für meine Krebserkrankung gewesen sein könnte.

Wir kamen bald auf meinen sehr intensiven Arbeitsstil, ich hatte in den letzten Jahren so gut wie kein Privatleben mehr, ich ging von morgen bis abends in meiner Arbeit auf, lebte nur noch für sie und meine Patienten, ich war eine richtige Workaholikerin geworden, an Wocheneden machte ich mit meinem Kollegen und Freund, den ich jetzt geheiratet habe, noch Fortbildungen und hielt Vorträgen.

Ich betrieb also im Grunde Raubbau mit meinen körperlichen und seelischen Kräften, die Zigaretten als Aufputschmittel zwischendurch waren im Laufe der Zeit immer mehr geworden, ein zwölf Stunden Tag die Regel. Dahinter stand mein Ehrgeiz, meine Sucht nach Erfolg und Anerkennung, ja, im Grunde nach Liebe: Meine Eltern hatten sich früh scheiden lassen, meine Mutter war alleinerziehend, ich liebte sie zwar sehr, aber sie war Lehrerin und zudem Rektorin, sie war sehr leistungsorientiert, auch mich bewertete sie nach meinen schulischen Leistungen, sie hatte wenig Zeit für mich, außerdem hatte sie dann wechselnde Verhältnisse zu Männern, ein richtiges Familienleben habe ich nie kennengelernt. –

Als ich eines Tages nach einer meiner Therapiesitzungen statt nach Hause in die Praxis ging, überraschte ich meinen Mann in flagranti mit einer unsere jungen Arzthelferinnen; sie war noch in der Ausbildung und verehrte ihren Chef, er hatte es auch vor unserer Heirat mit der Treue nicht so genau gehalten, irgendwie hatte ich das immer schon geahnt, aber nicht wahr haben wollen, und ich muss auch jetzt mit Derartigem gerechnet haben, denn ich stellte fest, dass ich nicht so enttäuscht und verletzt war, wie ich es eigentlich hätte sein müssen: Er hatte immer schon meine Gutmütigkeit und Hilfsbereitschaft ausgenützt, Täter und Opfer suchen sich ja meist. Bei unserer anschließenden Aussprache gestanden wir uns dann auch sehr schnell gegenseitig ein, dass unsere Ehe ohnehin nicht auf Liebe aufgebaut war, sondern wir zwar als Kollegen gut zusammengearbeitet hatten — alle Fortbildungen an den Wochenenden hatten wir gemeinsam gemacht, ein gutes Team, wie man so sagt, seine südamerikanische Unbekümmertheit und Fröhlichkeit hatten mich immer angezogen — aber nun war es natürlich vorbei, eine Basis für eine Ehe war unser Verhältnis nicht, wir werden uns scheiden lassen. —

Und nun zu dir, mein geliebter „alter Mann", ich schreibe das, weil ich weiß, dass uns auch der Humor verbindet, oft habe ich bei dir in unseren Gesprächen eine besondere Art von Selbstironie

125

und Galgenhumor festgestellt, und auch das mag ich an dir, du kannst damit bei aller Schwermut und Tragik, die du empfindest, doch auch wieder Abstand gewinnen zu dir selbst und dem Erlebten.

Ich will dich haben, dich „alten Mann", so wie du jetzt bist, wie du geworden bist – dass du das nur weißt, und du wirst mir diesmal nicht mehr entkommen, und ich werde dich nie mehr loslassen, stell dich also am besten darauf ein. Ich weiß, dass du in Israel bist, dem Land deiner Väter, ich weiß, dass du in der nächsten Woche wieder in unserer Stadt sein wirst, und ich erwarte dich am Freitag um 15.00 Uhr auf der Bank am Flussufer vor der Biegung, die er dort nach Norden macht. Deine dich innigst liebende Rahel."

Rahel meinte die Stelle, an der auch vor Jahrzehnten Hannah und Jakob Weiss gesessen hatten, die Bank war zwar längst mehrmals erneuert worden, aber die Stelle am Fluss war dieselbe, und als Daniel Weiß am Freitag auf Rahel wartete, wartete nicht nur er, sondern auch sein Großonkel Jakob Weiss dort, unsichtbar zwar, aber sein Großneffe spürte seine Gegenwart wieder so intensiv wie seinerzeit im Treppenhaus der Arztpraxis.

12.

Er hatte sie wieder wie auch sonst jedes Mal bedrängt, und sie hatte wie sonst auch zunächst abgelehnt; weil aber diesmal auch die anderen Hausbewohner auf sie eingeredet und sie mit sich gezogen hatten, war auch sie unter Sirenenlärm in den Luftschutzkeller gegangen, den man einige Straßen weiter unterirdisch gebaut hatte.

Aber schon als der Strom der Flüchtenden sie mit sich riss, wusste Edith Weiss, dass sie dennoch hätte bei ihm bleiben müssen, sie hätte nicht auf ihn hören dürfen, ihr Sterben begann in dem Augenblick, als sie sich durch die anderen von ihm trennen ließ, ihn zurückließ, weil er nicht mitkommen durfte, da ihm als Juden das Betreten des Luftschutzbunkers verboten war.

Wenige Minuten nachdem sie im Luftschutzkeller angekommen waren, hörten sie das Dröhnen der heranfliegenden Bomber, viele Stabbrandbomben und Kanister fielen sowohl auf freies Land als auch auf bewohnte Stadtviertel.

Zuerst hatte Jakob Weiss überlegt, in den Keller des Mietshauses zu gehen, in dem er zumindest bei leichteren Einschlägen einige Sicherheit gefunden hätte; dann aber hatte er sich dafür entschieden, in die Wohnung zurückzukehren, seine Lebenssituation war auch ohne die Bedrohung durch die Bombenangriffe für ihn innerlich und äußerlich unerträglich geworden, jeden Tag musste er damit rechnen, dass Hannahs Onkel, der Gauleiter, ihn nicht weiter schützen konnte, und er in irgendein Konzentrationslager deportiert wurde.

Seine Ehe war ein reiner Scherbenhaufen, gerade die äußerste Leidensbereitschaft seiner Frau, nur um ihn nicht zu verlieren, demoralisierte ihn; dass er sie nach allen Repressalien, die sie um ihrer Ehe mit ihm, einem Juden, willen in Kauf nahm, nun auch noch mit dieser jungen Ärztin betrog, war durch nichts zu entschuldigen, sein schlechtes Gewissen ihr gegenüber, seine Selbstvorwürfe wurden immer unerträglicher.

Sein Leben war ohnehin ausweglos, das kurze Glück der Treffen mit Hannah war nur immer ein kurzes, atemloses Glück, das jederzeit vorbei sein konnte – sollten doch die Bomben eine Entscheidung herbeiführen darüber, ob er ein Weiterleben überhaupt verdiente.

Während er am Küchentisch saß, sah er Hannah vor sich, wie sie ihn liebevoll aus ihren großen, braunen, seelenvollen Augen ansah, in denen er versank, aus denen eine Liebe strömte, die ihm körperlich wohltat, die vieles heilte, was in ihm durch die leidvollen Erfahrungen der letzten Jahre verwundet worden war.

Dass Menschen so unmenschlich und hässlich zu ihren Mitmenschen sein konnten, hatte ihn am Sinn des Lebens überhaupt zweifeln lassen, sein künstlerisches Empfinden, das er in seinen Bildern auszudrücken versuchte, war nichtig, ja lächerlich gemacht worden.

Lohnte es ich in einer solchen Welt noch zu Über-Leben?

Ja, wenn er in diese seelenvollen Augen sah, wenn er ihre tiefe, warme, teilnahmsvolle Stimme hörte, dann wusste er, dass es das Ertragen allen erfahrenen Leides wert war, um diese Liebe noch erleben zu können.

Und er dachte an ihre gemeinsamen Stunden:

Nach dem Regen war die Sonne wieder hinter den Wolken hervorgekommen, der Asphalt auf der Straße dampfte, mit in einem Taschentuch hatte er die Bank für sie getrocknet, nun saßen sie eng aneinandergeschmiegt, sahen auf den Fluss hinaus, der mächtig und scheinbar unberührt von dem, was sich an seinen Ufern tat, in ewigem Gleichmaß an ihnen vorbeifloss und warteten auf den Regenbogen.

Als er dann in der Ferne über einer Flussbiegung in großer Erhabenheit in all seiner Farbenpracht erstrahlte, schien er alle ihre Sehnsucht nach Frieden, Liebe und Glück verheißungsvoll an den Himmel zu malen:

„Siehst du", sagte Hannah, „das ist ein gutes O-men für uns und unsere Liebe. Einmal wird diese furchtbare Zeit vorbei sein, dann werden die Menschen auch in unserem Land einander nicht mehr hassen, dann wird Friede sein. Auch zwischen Deutschen und Juden, und wir können glücklich miteinander leben."

Jakob nickte.

„Ja", sagte er. „Einmal wird das so sein, einmal werden alle Geschöpfe auf Erden miteinander in Frieden leben, so wie es unsere gemeinsame Heilige Schrift sagt: Wolf und Schaf sollen beieinander weiden; der Löwe wird Stroh fressen wie das Rind, sie werden weder Bosheit noch Schaden tun, so heißt es im Propheten Jesaja."

Hannah lachte.

„Wie gut wir uns doch verstehen, und wie gut wir den gemeinsamen Teil der Bibel kennen. Ich kann dir noch ein Zitat aus demselben Propheten nennen:

Da werden sie ihre Schwerter zu Pflugscharen und ihre Spieße zu Sicheln machen. Denn es wird kein Volk wider das andere das Schwert erheben, und sie werden hinfort nicht mehr lernen, Krieg zu führen."

„Ich weiß, wie es weitergeht", unterbrach Jakob sie. „Kommt nun, ihr vom Hause Jakob, lasst uns wandeln im Licht des Herrn. Ja, so wird es sein, Hannah: Erst wird der Messias kommen müssen und den Frieden auf Erden bringen."

Hannah schüttelte den Kopf.

„Nein", sagte sie, „Er ist ja schon gekommen und alle, die an ihn glauben, erfahren diesen Frieden schon jetzt."

Jetzt lachte Jakob Weiss.

„Weißt du, auf diese Diskussion lasse ich mich jetzt nicht mit dir ein. Die hat noch nie zu etwas anderem als zu Streit zwischen Juden und Christen geführt."

„Ich habe mit meinem Onkel gesprochen", sagte Hannah. „Er hat Keller gesagt, dass er dich in Ruhe lassen soll, er werde sich selber um deinen Fall kümmern. Erst wollte er zwar nicht, aber dann habe ich ihn erpresst: Er hat mich vor Jahren einmal vergewaltigen wollen, aber ich habe mich wehren können, ich habe so laut geschrien, dass er schließlich von mir abließ. Ich habe ihm gedroht: Entweder er schützt dich, oder ich zeige ihn noch nachträglich an. Da hat er nachgegeben. Als Gauleiter hat er großen Einfluss."

„Ich habe mich schon gewundert, warum ich in letzter Zeit das Gefühl habe, nicht mehr observiert zu werden", sagte Jakob Weiss.

„Dass ich dich getroffen habe, Hannah, war das größte Glück meines Lebens."

Dann aber war seine Euphorie auch im nächsten Augenblich schon wieder verflogen:

„Er wir mich auf Dauer nicht schützen könne", sagte er.

„Die Nazis kennen bei Juden kein Erbarmen, irgendwann werden sie mich doch holen." –

Dann fuhren sie mit der Straßenbahn vor die Stadt hinaus, dort spazierten sie durch die Schrebergärten und erfreuten sich an der Blumenpracht.

„Das müsste man eigentlich malen", sagte Jakob Weiss. „Im impressionistischen Stil, der bringt die Farben und Lichtreflexe am besten zur Geltung."

„Du wirst wieder malen", versicherte Hannah und drückte dabei ganz fest seine Hand.

„Wenn das alles mal vorbei ist – die Nazis und der Krieg. Ich glaube nicht, dass sie ihn gewinnen werden."—

Dann lagen sie im hohen Gras auf einer Wiese oberhalb der Stadt, sie sahen auf die Häuserzeilen hinunter und wurden lyrisch:

„Er küsse mich mit dem Kusse seines Mundes; denn deine Liebe ist lieblicher als Wein", sagte sie und hielt ihm ihre Lippen hin.

Er küsste sie und antwortete:

„Siehe meine Freundin, du bist schön, siehe schön bist du, dein Mund ist lieblich, du bist wunderbar schön, meine Freundin, und kein Makel ist an dir."

Jetzt lachte sie ihr sprudelndes übermütiges Lachen.

„Wie du lügst", sagte sie. „Und wie gut wir unsere Bibel kennen."

„Das Hohelied Salomons", sagte Jakob Weiss.

„Wie schön, dass es auch ein Liebeslied in der Heiligen Schrift gibt." –

Die Bombe traf das Haus und legt es in Trümmern.

Bevor er von ihnen getroffen und unter ihnen begraben wurde, hatte Jakob Weiss noch einen letzten Gedanken, einen Wunsch an den Höchsten, der sein Volk so grausam richtete: Möge doch einer aus seinem erwählten und verfluchten Volk die Liebe zu Ende leben, die zwischen Hannah und ihm unvollendet geblieben war.

13.

„Wollt ihr mich abholen", sagte Rahel und schlug dabei vor Freude in die Hände. „Dass ihr mich auch einmal in meiner Praxis besucht, das freut mich aber sehr".

Daniel Weiss saß mit den zweijährigen Zwillingen unter den anderen Patienten im vollbesetzen Wartezimmer und schaute mit ihnen ein Bilderbuch an.

Unbefangen kam Rahel zu ihm, gab ihm einen Kuss und nahm dann die Zwillinge auf ihre Arme, Manuel rechts, Samuel links.

Verblüffung machte sich auf den Gesichtern der wartenden Patienten Platz, dann sagte eine ältere Dame verunsichert:

„Das ist doch Ihr Vater und der Opa der beiden, Frau Doktor?"

Rahel sah die Fragerin einen Augenblick schweigend an.

„Nein", antwortete sie dann, und es klang wie ein feierliches Bekenntnis.

„Das ist mein Mann und das sind unsere Kinder."

Im Wartezimmer herrschte eine Weile betroffenes Schweigen; dass ihre junge, allseits beliebte Ärztin einen so viel älteren Mann und mit ihm zudem noch Zwillinge hatte, davon war zwar bereits gemunkelt worden, aber man hatte es doch nicht wahrhaben wollen, sondern als Gerücht abgetan, nun aber stand die Realität vor aller Augen.

Ein älterer Herr, der schon viele Jahre bei Rahel in Behandlung war, entspannte mit einer humorigen Bemerkung die Situation.

„Wir gehören eben noch nicht zum alten Eisen", sagte er und deutete dabei erst auf seine, dann auf Daniels Glatze. „Auch wenn uns einige Haare fehlen, alles andere funktioniert bei uns noch ganz gut."

Dahinter wollte jetzt auch die ältere Dame nicht zurückstehen:

„Was haben Sie für süße Kinder", säuselte sie nun. „Und wie hübsch sie sind, Ihnen wie aus dem Gesicht geschnitten." –

"Wenn ihr mich in meiner Praxis besucht", sagte Rahel, nachdem sie in das Behandlungszimmer gegangen waren und sie die Zwillinge dort nebeneinander auf eine Liege gesetzt hatte, „muss ich euch aber auch erst einmal untersuchen."

Wie reizend sie mit den Kindern ist, dachte Daniele Weiss, es wäre eine Schande gewesen, wenn sie keine Kinder bekommen hätte. Schon aus diesem Grund hätte er sich ihrer Liebe nicht weiter entziehen dürfen, demgegenüber waren die drei Jahrzehnte Altersunterschied zwischen ihnen nicht von Bedeutung, ganz gleich was die Leute darüber dachten oder sagten.

Und so war es auch gekommen. Nach seiner Rückkehr aus Israel und nachdem er ihren Brief gelesen hatte, hatten sie sich getroffen, Rahel lebte nach dem Scheitern ihrer Ehe bereits in Scheidung von ihrem Mann; es war dann – nachdem für sie beide die Entscheidung feststand – alles ganz schnell gegangen. Sie war zu ihm gezogen in das Haus seines Großonkels, seine Kinder hatten Rahel kennen gelernt, ihrer charmanten, zugewandten Art hatten sie nicht lange widerstehen können; von seiner geschiedenen Frau war ein verletzender Brief mit Vorwürfen und Unterstellungen hauptsächlich in Bezug auf das jugendliche Alter seiner neuen Partnerin gekommen, er las aus allem ihre eigene Verletzung heraus und ließ ihn unbeantwortet.

Es hatte für ihn festgestanden, dass er Rahel nie ihrem Arztberuf, der für sie eine Berufung war und der ganz ihrem Wesen entsprach, entziehen würde, im Gegenteil, weil sie diesen Beruf brauchte und weil ihre Patienten sie brauchten war jetzt eines seiner Ziele, sie dabei zu unterstützen, sodass er ihr einige Monate nach der Geburt der Zwillinge riet, ihre Praxis wieder zu eröffnen, er werde sich nun in den ersten

Lebensjahren hauptsächlich um Manuel und Samuel kümmern – dies schon aus dem Grund, weil sie die beiden gewiss noch eine länger Lebensstrecke als er begleiten werde, und weil er seine ihm noch verbliebene Lebenszeit mit ihnen so intensiv wie möglich ausnutzen müsse.–

Die beiden Jungen beobachteten ihre Mutter etwas ängstlich, an die ihnen fremde Umgebung und den weißen Kittel, den sie trug, mussten sie sich zunächst erst gewöhnen.

Rahel nahm ein Stethoskop und tat, als würde sie ihnen die Brust abhören, interessiert beobachteten die beiden Jungen dabei, schließlich griffen sie nach dem Gerät und sie überließ es ihnen.

Als sie ihn strahlend vor Glück ansah und er spürte, wie glücklich sie war, ging es ihm so zu Herzen, dass ihm die Tränen kamen; sie merkte, wie ihm zumute war und legte den Arm um ihn.

Und wieder kam für Daniel Weiss einer der Augenblicke, in denen er fühlte, dass da noch einer bei ihm war, tief in seinem Unterbewusstsein, einer seiner Vorfahren, der einmal in diesen Räumen glücklich und unglücklich zugleich gewesen war, der ihm aber dieses Glück gewünscht hatte und der seine eigene unglückliche unerfüllten Liebe nun in seiner glücklichen mit erfüllt sah

14.

Das Treppenhaus war Jakobs Himmelsleiter, einer der Engel, die dort auf und ab gingen, war Hannah, sie hatte ihn gerettet; darum hatte er gerade in ihre Praxis flüchten müssen, weil sie mit dieser Aufgabe betraut worden war.

War es damals Jakobs Flucht vor seinem Bruder Esau, der ihn umbringen wollte, so war es bei ihm die Hetzjagd durch den Gestapo-Mann Keller, der ihm durch die Altstadt gefolgt war, und vor dem er sich und sein Bild auf dem Dachboden des Ärztehauses versteckte.

Dieses Treppenhaus wurde für Daniel Weiss zum Symbol für den „Zwischen"-Zustand seines ganzen Volkes: Es hatte alle Jahrhunderte in der Zerstreuung und Heimatlosigkeit doch in einem oft unsichtbares „Haus" gelebt, denn es hatte seine Identität nicht verloren sondern bewahrt, aber es war ein „Treppen"-Haus , es war nicht die letzte Geborgenheit, die letzte Heimstätte, auch nicht die in Palästina, die letzte Heimat für dieses von Gott erwählte Volk war das himmlische Ziel, auf das es die „Treppen dieses Hauses" – die Leidenszeit in der Fremde und in der Zerstreuung unter den Völkern — hinführen sollte: Den, den sie am Kreuz durchbohrt hatten, als ihren Messias zu erkennen und anzuerkennen – dies allein würde seinem Volk vollkommenen Frieden und eine himmlische „Heimstatt" in seinem Gott schenken, für die ihre irdische „Heimstatt", wie sie sich Theodor Herzl zum Ziel gesetzt hatte, nur ein schwaches Abbild gewesen war.

Und dann würden sie auch erkennen, dass ihnen ihr zürnender, richtender Gott dennoch auch in seinem Mit-Leiden, in seiner Mit-Erniedrigung, in seiner „Schechina", seiner Einwohnung, in all den Jahrhunderten nahe geblieben war. –

Er ging noch regelmäßig auf den abgelegenen jüdischen Waldfriedhof, aber sein Vorfahr erschien ihm nicht mehr; stattdessen aber verabredete er sich dort nun regelmäßig mit dem Enkel des Malerfreundes seines Großonkels.

Eines Tages fragte er ihn, ob er etwas über das Schicksal der Frau seines Großonkels wisse. Da nickte dieser und berichtete ihm, dass sie sich aus Kummer über den Tod ihres Mannes und wegen der Selbstvorwürfe, die sie sich darüber machte, dass sie ihn in der Bombennacht allein gelassen hatte und nicht mit ihm in den Tod gegangen sei, einige Monate später mit Schlaftabletten das Leben genommen habe.–

Bei einem seiner Besuche in der Praxis entdeckten die Zwillinge beim Spielen auf dem Speicher das Bild, das sein Großonkel dort bei seiner Flucht vor dem Gestapo-Mann Keller versteckt hatte.

Auf seine Nachfrage hin, sagte Rahel, sie wissen nicht, wie das Bild dort hinkomme, ihre Großmutter Hannah – sie sei ebenfalls Ärztin gewesen wie sie – habe ihr lediglich erzählt, sie habe dort in der Nazizeit zeitweise einen jüdischen Maler versteckt, der dann bei einem Bombenangriff ums Leben gekommen sei. Sie habe nie mehr einen Menschen so sehr geliebt wie ihn. –

Hannah hatte sich ebenfalls der messianischen Gemeinde angeschlossen; in einem Jahr reiste sie gemeinsam mit ihrem Mann nach Israel – und auf dieser Reise geschah das, was dieser sich insgeheim gewünscht hatte: „Hier könnte ich auch leben", sagte sie plötzlich, als sie von Jerusalem aus zur Jesreel –Ebene fuhren. Und als sie sah, welch freudige Reaktion ihre Äußerung auf dem Gesicht ihres Mannes hervorgerufen hatte, ergänzte sie: „Nomen est Omen: Heiße ich etwa umsonst Rahel, und haben wir unseren Söhne Manuel „Gott mit uns", und Samuel „Von Gott erbeten" nicht auch hebräische Namen gegeben, gehören wir deshalb nicht alle hierher?"

„Wir werden es als messianische Juden in diesem Land nicht so einfach haben", gab Daniel Weiss zu bedenken.

„Was sollte stärker sein als unsere Liebe", antwortete sie und küsste ihn. „Und", ergänzte sie dann, „glaubst du etwa nicht, dass sie auch hier eine gute Ärztin gebrauchen können?"

Als er dann zum ersten Mal mit seiner Familie und einigem Mobiliar, das sie mitgenommen hatten, mit dem Schiff in den Hafen von Haifa einlief, spürte er wieder in seinem „kollektiven Unterbewusstsein" deutlich, dass sein Erleben auch das eines seiner Vorfahren war.

Und er dachte: Ist dies nicht das Mindeste, das ich für euch tun kann, dass ich als Abkömmling des Konvertiten-Zweiges unserer Familie euch diese Freude mache, in das gelobte Land unserer Väter zurückzukehren, damit euer Leiden im Holocaust, das ihr ja auch stellvertretend für uns durchgemacht habt, wenigstens dies Gute hervorbringe, und sollte ich nicht hier jetzt stellvertretend für euch auf das Wiederkommen des Messias warten, damit wir alle in ihm den erkennen, den wir durchbohrt haben? –

Auch in Israel therapierte ihn Rahel weiter gegen seine Angina-Pectoris-Anfälle, erst als er ihr eines Tages statt von seinen nächtlichen Verfolgungs- und Angstträumen von seiner Brückenvision erzählte, erklärte sie ihn für geheilt. Daniel Weiss berichtete ihr:

Ich war im Traum in Israel, mit dem Volk Gottes
stand ich unter einer Brücke,
sie spannte sich wie ein Regenbogen
über das ganze Land.

Noch herrschte Kriegslärm oben auf der Brücke,
dennoch fand ich
in den Gesichtern der Menschen
keinerlei Anzeichen von Angst.

Zunächst wunderte ich mich,
dann aber erkannte ich den Grund:
Unter dieser Brücke waren sie geschützt
vor dem Krieg.

Nun sah ich von oben auf die Brücke,
folgte ihr mit meinen Augen,
kam dabei durch alle Länder dieser Erde
zurück in meine Heimatstadt.

Sie liegt in einem Tal,
die Brücke begann und endete dort,
sie stand ganz frei im Himmel über mir,
sie brauchte keinen Halt von der Erde,

sie wurde getragen
von den Kräften des Himmels.
Und ich erkannte:
Den Frieden und den Himmel Gottes

gewinnen die Erwählten
aus Israel und den Völkern
nur gemeinsam durch dieselbe Brücke:
Den himmlischen Messias, Christus.

Nachwort

Schon von Deutschland aus hatten sie Verbindungen zu Degania Alef, auf Deutsch „Kornblume", dem ältesten, von zionistischen Einwanderern im Oktober 1910 gegründeten, südwestlich des Sees Genezareth gelegenen Kibbuz geknüpft, es stellte sich heraus, dass sie dort dringend eine Ärztin suchten, so hatten sie sich entschlossen, zunächst einmal dort in dem für sie fremden Land die „Heimstatt" zu finden, von der Theodor Herzl gesprochen hatte.

Wie Daniel Weiss bei weiteren Recherchen feststellte, waren einige seiner Vorfahren, die nach Palästina ausgewandert waren, bereits Mitglieder dieses „Kibbuz" gewesen, so fühlte er sich auch schon deshalb verpflichtet, sich dieser „Sammlung" – so die Bedeutung des Wortes Kibbuz – in einer Solidargemeinschaft anzuschließen. Auch hier fand Daniel Weiss wieder Christliches und Jüdisches grenzübergreifend vereint:

So berichtete die Apostelgeschichte von den ersten Christen: „Alle aber, die gläubig geworden waren, waren beieinander und hatten alle Dinge gemeinsam. Sie verkauften Güter und Habe und teilten sie aus unter alle, je nachdem es einer nötig hatte."

Und die ersten zionistischen Einwanderer im gelobten Land handelten ebenso gemeinwirtschaftlich nach ihrer sozialen Vision: Jeder arbeitet so viel er kann und bekommt, soviel er braucht. Damit war beide Mal die Habsucht, die ja in der Bibel als Götzendienst bezeichnet wurde, ausgeschlossen und durch die tätige Nächstenliebe als praktischer Gottesdient ersetzt.

Als sie dann mit ihren beiden Söhnen zum ersten Mal am See Genezareth standen, sagte Rahel: „Hier habe ich schon als kleines Kind einmal stehen wollen, ich wollte sehen, wo Jesus den Sturm gestillt und seinen Jüngern die Angst genommen hat."

Einen Augenblick hielt sie inne. „Und deine Ängste wird er dir auch nehmen," ergänzte sie dann.

„Dein Wort in Gottes Ohr", sagte Daniel Weiss, und damit sie nicht glaubte, er habe dies ironisch gemeint, ergänzte er: „Im Ohr des Gottes, der uns Juden und Christen vereint, und im Namen unserer besonderen, ewigen Liebe zueinander, die er uns beiden geschenkt hat."

Als sie dann mit dem „Jesusboot" eine Fahrt über den See machten, schien sich plötzlich die

Geschichte von damals zu wiederholen: Fallwinde von den Golanhöhen verursachten einen hohen Wellengang, das Boot begann so zu schaukeln, dass sich die Zwillinge angstvoll an Rahel drängten, diese legte die Arme um sie und erzählte ihnen die Geschichte vom Seesturm, und als sie näher an das andere Ufer kamen und die Wellen sich beruhigten, hatten sich auch die Gemüter ihrer Söhne beruhigt.

Die Nacht verbrachten sie in einem Hotel am See Genezareth. Mitten in der Nacht wachte Rahel plötzlich auf, das ganze Zimmer war taghell von rötlichem Licht erhellt, aufgeregt weckte sie ihren Mann, auch er konnte sich die Erscheinung nicht erklären. „Ob es der helle Morgenstern ist, der das Wiederkommen Jesu ankündigt", überlegte Rahel

„Wir sind im gelobten Land", sagte Daniel. „Es könnte schon sein."

Am nächsten Morgen erfuhren sie von den anderen Hotelgästen den Grund für die nächtliche Lichterscheinung: Sie kam von den Leuchtraketen, die die Israelis auf den Golanhöhen abschossen, um für einen etwaigen Angriff gerüstet zu sein.

„Der Leidensweg, auf dem Gott uns, sein Volk, auserwählt macht, ist also noch nicht zu Ende", stellte Daniel Weiss fest. Das „Leuchten", das sie gesehen hatten, war also noch nicht das Zeichen für das kommende messianische Friedensreich, sondern ein Zeichen für einen noch bedrohten und höchst gefährdeten Frieden.

„Und doch wird dieses Friedensreich einmal kommen," sagte Rahel. „Es kann gar nicht anders sein, denn Christus ist ja der Friedfürst, und er hat am Kreuz bereits alle Feindschaft überwunden, und deshalb wird er auch einmal Frieden stiften zwischen Israel und seien Nachbarvölkern, ja zwischen allen Völkern und Menschen auf dieser Erde, denn sie werden einmal alle ihre Knie vor ihm beugen müssen, wie es Paulus im Christushymnus sagt."

Als sie am anderen Tag nach dem Besuch der Gedenkstätte Yad Vashem durch die Straßen der Altstadt von Jerusalem gingen, fielen Daniel unter den älteren Menschen, die vor den Türen ihrer Häuser saßen, die zahlreichen Kinder auf, die hier spielten. Der Vormittag in der Gedenkstätte, in der die Namen tausender im Holocaust getöteter jüdischer Kinder vorgelesen worden waren, hatte ihn zutiefst deprimiert, aber als er jetzt die fröhlich spielenden Kinder um sich sah, spürte er in sich einen tiefen Trost. „Es kommt mir so vor, als kennte ich alle diese Straßen von früher her", sagte er zu Rahel. „Alles hier in der Altstadt von Jerusalem ist mir so vertraut, als hätte ich hier schon einmal gelebt – oder es war einer meiner Vorfahren, der sich in mir wieder bemerkbar macht. Und wir können wieder erfahren, wie Gott seine Verheißungen an seinem Volk am Ende doch erfüllt."

Er schlug die Taschenbibel auf, die er bei sich trug, und las ihr die Vers 4 und 5 aus dem 8. Kapitel des Propheten Sacharja vor: „So spricht der Herr Zebaoth: Es sollen hinfort wieder sitzen auf den Plätzen Jerusalems alte Männer und Frauen, jeder mit seinem Stock in der Hand vor hohem Alter; und die Plätze der Stadt sollen voll sein von Knaben und Mädchen, die dort spielen."

Er setzte sich zu einem älteren Mann, der auf einer Bank vor seinem Haus saß.

„Ist hier für uns noch Platz?", fragte er, und bei diesen Worten schwang in seiner Stimme die ganze Not seiner Existenz mit, es war seine Schicksalsfrage, ja es war auch die Schicksalsfrage seines ganzen Volkes, das nach einem langen Leidensweg in der Fremde nach seiner Auserwählung und Heimstatt bei seinem Gott fragte.

Einen Augenblick zögerte der alte Jude, aber als er in Daniels Gesicht sag, wusste er, was er zu antworten hatte: „Lass dich in Frieden hier bei uns nieder, Bruder," sagte er. „Du und deine Frau und deine Kinder. Du gehörst zu uns, du bist ein Jude wie wir, das merke ich."

Rahel zögerte keinen Augenblick.

„Ja", sagte sie dann mit freundlicher, aber bestimmter Stimme. „Er ist ein Jude, aber auch ein Christ. Ein Judenchrist eben." –

„Merkst du auch, was wir hier erleben?", fragte Daniel Weiss seine Frau, als sie am anderen Tag durch die blühenden Plantagen des Kibbuz gingen. „Haben meine Väter hier auf einsamen, beinahe verlorenen Posten gegen die Malaria und für die Urbarmachung des Landes gekämpft, so ist es jetzt nach über hundert Jahren wieder zu einer blühenden Landschaft geworden, ein Zeichen, dass Gott uns wieder gnädig ist, so wie es unser Prophet Jesaja im 27. Kapitel geweissagt hat: Es wird einst dazu kommen, dass Jakob wurzeln und Israel blühen und grünen wird, dass sie den Erdkreis mit Früchten erfüllen. Wird doch Israel nicht geschlagen, wie seine Feinde geschlagen werden, und nicht getötet, wie seine Feinde getötet werden. Hörst du, Rahel, nicht nur hier im gelobten Land, sondern von hier aus über die ganze Erde soll der Segen Israels kommen. Nicht der Wannseebeschluss zur Vernichtung aller europäischer Juden, sondern Gottes Treue zu seinem Volk wird das letzte Wort behalten, kleine, jüdische Kinder spielen nach Jahrhunderten wieder in Jerusalem, wie wir gestern gesehen haben. Alles dient dazu, das Wiederkommen des Messias vorzubereiten, er will den gläubigen Überrest Israels erretten." –

In der messianischen Gemeinde in Tiberias am See Genezareth las Daniel Weiss dann am Sabbath aus dem Römerbrief die entscheidenden Verse vor, die die endzeitliche Erwählung des Volkes Gottes aus Juden und Heiden beschrieben:

„So frage ich nun: Sind sie (die Juden) gestrauchelt, damit sie fallen? Das sei ferne! Sondern durch ihre Verfehlung ist den Heiden das Heil widerfahren; das sollte sie eifersüchtig machen. Wenn aber ihre Verfehlung Reichtum für die Welt ist und ihr Schade Reichtum für die Heiden, welchen Reichtum wird dann ihre volle Zahl bringen! Euch Heiden aber sage ich: Weil ich Apostel der Heiden bin, preise ich meinen Dienst, ob ich vielleicht meine Stammverwandten eifersüchtig machen und einige von ihnen retten könnte. Denn wenn ihr Verlust Versöhnung der Welt ist, was wird ihre Annahme anderes sein als Leben aus den Toten! Ist die Erstlingsgabe vom Teig heilig, so ist auch der ganze Teig heilig; und ist die Wurzel heilig, so sind auch die Zweige heilig. –

Wie sehr ist dieses Wort wahr geworden nach dem Holocaust: Ihre Annahme ist Leben aus den Toten. Israel bleibt Gottes ersterwähltes, geliebtes Volk, aus dem er einige errettet zur Vollzahl und geistlichen Fülle aus Israel, des gläubigen Überrestes, sie sind als seine messianische, jüdische Gemeinde die heilige Erstlingsgabe, die Wurzel, und aus ihr entsprießen die Zweige, die hinzuerwählte Vollzahl und geistliche Fülle aus den Völkern.

Deshalb, sagt Paulus, ist einem Teil Israels Verstockung widerfahren, bis die volle Zahl der Heiden hinzugekommen ist. Und so wird der ganze Überrest Israels, der zum Glauben an Jeschua als den Messias gekommen ist, gerettet werden.

Die volle Zahl der erwählten Heiden und der ganze von Gott erwählte Überrest aus Israel – dies ist das endzeitliche Zeil Gottes mit dieser Welt.

Wenn er dieses Heilsziel durch den Geist Jesu erreicht hat, wird er ihn selber wieder senden, jetzt in Macht und Herrlichkeit, er wird auf dem Ölberg erscheinen, von dem aus er in den Himmel entrückt wurde, mit uns, seinen Erwählten, die er dann zu sich in den Himmel entrückt hat, um sein messianisches Friedensreich von Jerusalem aus über die ganze Erde aufzurichten. Israel wird in ihm seinen Messias erkennen, den sie durchbohrt haben, und einige werden zutiefst in ihren Herzen Buße tun, die Völker werden ihre Knie vor ihm beugen, bis es zu einer letzten Entscheidung, einer Scheidung, einem letzten Gericht über alle Menschen kommt in einer Versuchung durch Satan, die offenbar machen soll, wer mit Christus sich selbst ganz gestorben ist, und wer sich nur äußerlich und nicht im Geist und in der Wahrheit der Herrschaft Christi unterworfen hat.

Dann werden diese Ungläubigen, dann wird der Satan gerichtet werden, diese alte Welt wird vergehen, und Gottes Reich wird allein noch alles sein, was ist.

Aber auch jetzt schon, schreibt uns der Apostel Paulus im Kolosserbrief, im geistlichen Endzeitreich Christi können wir ja schon in Gottes Reich aus dessen Kräften leben: Seid ihr nun mit Christus auferweckt, so sucht, was droben ist, wo Christus ist, sitzend zur Rechten Gottes. Trachtet nach dem, was droben ist, nicht nach dem, was auf Erden ist. Denn ihr seid gestorben, und eurer Leben ist verborgen mit Christus in Gott. Wenn aber Christus, euer Leben, offenbar wird, dann werdet ihr auch offenbar werden mit ihm in Herrlichkeit." –

Nach dem Gottesdienst sagte Rahel zu ihrem Mann: „Da hatten wir sie ja wieder, unsere Übereinstimmungen. Du hast Saulus zitiert, aus dem unser gemeinsamer Messias seinen Paulus gemacht hat, einen Judenchristen wie aus dir."

„Was für ein langer Weg das für mich war, für meine Familie und für den Rest meines Volkes, den Gott erretten wollte nach der Wahl der Gnade, wie Paulus sagt", stellte Daniel Weiss nachdenklich fest.

„Aber er erreicht sein Ziel", versicherte ihm Rahel.–

Als sie dann im Kibbuz und in ganz Israel das Laubhüttenfest, Sukkot, feierten, erlebten sie die große Freude über den glücklichen Ausgang der Wüstenwanderung, die Bewahrung auf einem vierzigjährigen, entbehrungsreichen, schweren Weg mit. Diese Freude äußerte sich darin, dass überall im Land Hütten aus Laub und Zweigen errichtet wurden, die an die Zeltwohnungen in der Wüstenzeit erinnern sollten.

Als am 7.Tag die Bima – das Podium zur Lesung der Tora – siebenmal umrundet wurde, indem jedes Mal dabei ein Bittgebet für das neu begonnene Jahr gesprochen wurde, sagte Daniel Weiss nach dem Gottesdienst zu seiner Frau:

„Ich habe mich informiert, das Laubhüttenfest
wurde nach der babylonischen Gefangenschaft
auch als Feier des Königtums Gottes verstanden.
Es wir mit der Vollendung am Ende der Zeit verbunden, mit einer Wallfahrt aller Völker in der
Endzeit nach Jerusalem, wo sie beim Laubhüttenfest Gott als ihren König verehren werden, wie
der Prophet Jesaja sagt: Und alle, die übriggeblie-
ben sind von allen Heiden die gegen Jerusalem
ziehen, werden jährlich heraufkommen, um an-
zubeten den König, den Herrn Zebaoth, und um
das Laubhüttenfest zu halten". –
Einen Augenblick schwieg er, legte liebevoll seinen Arm um Rahel, seine Frau, und blickte zärtlich auf ihre beiden Söhne, die vor ihnen in der
Laubhütte spielten:
„Und wir sind bereits da angekommen, wo Gott
alle Menschen, ob Juden oder Heiden, haben will,
es war das verborgene Ziel auch in unserer Familiengeschichte über alle Generationen hinweg, er
hat uns auserwählt gemacht im Ofen des Elends,
er ist in seiner Schechina, in seiner Selbsternied-
rigung auf unserem Leidensweg immer bei uns
gewesen, hat sein Ziel mit uns nie aus den Augen
verloren, das erkenne ich jetzt: Im geistlichen
Endzeitreichs eines Sohnes, des Gekreuzigten,
hat er uns dennoch bewahrt, in diesem Reich

leben wir beide ja, du, eine Christin, ich ein messianischer Judenchrist, und alle, die an ihn glauben und seinen Geist empfangen haben, die aus Israel und aus den Völkern. Und wir haben alle die eine Hoffnung, dass er wiederkommt und nach seinem geistlichen Endzeitreich sein messianisches Friedensreich auf der ganzen Erde und über alle Völker aufrichtet.

Und, Rahel, ich habe wieder das Gefühl, dass ich nicht allein bin, sondern meine Vorfahren sich mit mir freuen."

Und tatsächlich: In jeder psychischen Synchronizität, die der Psychologe C.G. Jung erkannt hatte, freute sich Jakob, sein verstorbener Onkle, mit Daniel, dass sein Nachkomme nun wie er seinerzeit auf der Flucht vor dem Gestapomann durch das Treppenhaus nach oben wie auf einer Himmelsleiter hatte fliehen und bei Hannah Schutz finden können, jetzt Frieden fand in dem Land, das Gott ihnen verheißen hatte. Als Daniel Rahel diese Überlegungen mitteilte, sagte sie:

„Aber noch sind wir nicht ganz oben angekommen. Wir warten ja noch auf einen neuen Himmel und eine neue Erde, auf das neue Jerusalem, es wird aus dem Himmel herabkommen mit dem, der alles neu macht, der sich aus Heiden und Juden ein Volk für Gott gesammelt hat."

Daniel Weiss lachte. „Du musst aber auch immer das letzte Wort haben", sagte er.

„Es ist ja auch das letzte Wort aus der Offenbarung, dem letzten Buch der Bibel", bestätigte seine Frau.